Über dieses Buch Am 20. März 1988, morgens gegen vier Uhr, wird die junge Malerin Ragna Juhl ermordet in ihrer Wohnung aufgefunden, erstochen mit einem ihrer Schnitzmesser.
Die Kommissare Stoever und Brockmoeller lassen den Sohn des Kaufhausbesitzers Sander, Georg, festnehmen. Er war unglücklich verliebt in die attraktive Ragna Juhl, die mit Valentin Sander, seinem Vater, ein Verhältnis hatte.
Für die Mordkommission ergibt sich folgendes Bild:
Valentin Sander stammt von Zigeunern ab und wurde als Kind von dem reichen Hamburger Kaufmann Sander adoptiert. Auf Wunsch seines leiblichen Onkels Yanko soll er wieder der Zigeuner Nanosh Steinberger werden und die Führung der Sippe übernehmen. Doch Valentin versucht, alles Zigeunerische in sich zu verdrängen. Er liebt seine bürgerliche Existenz. Und er liebt die Malerin Ragna Juhl, deren Bilder er in seinem Kaufhaus ausstellt. Ihretwegen hat er seine Familie verlassen. Doch Ragna will niemandem gehören. An Valentin Sander gefällt ihr vor allem: »Daß er ein Zigeuner ist, das ist ja gerade das Schöne an ihm.«
Valentins verzweifelte Wut, die Trostlosigkeit seiner Frau Karin, das Unglück Georgs, der Zorn seines Ältesten, für den Ragna eine Hure ist, und schließlich der Konflikt mit dem Kunstsammler Bleichertz, der Ragna auch haben will – das alles gibt den Kommissaren Stoever und Brockmoeller Einblick in die unterschiedlichsten Motive. Und da ist noch Sanders Prokurist Frohwein, der süchtig danach war, Ragnas Körper im Film festzuhalten... Dieser Roman von Asta Scheib und Martin Walser basiert auf ihrem gemeinsamen Drehbuch für einen NDR-Tatort-Krimi.

Die Autoren Asta Scheib, geboren 1939 in Bergneustadt/Rheinland, lebt als Schriftstellerin und Journalistin in München. Sie veröffentlichte bisher u. a. die Romane ›Langsame Tage‹ (1981), ›Schwere Reiter‹ (1982), ›Kinder des Ungehorsams‹ (1985), ›Diesseits des Mondes‹ (1988).
Martin Walser, geboren 1927 in Wasserburg/Bodensee, gehört zu den wichtigsten Autoren der zeitgenössischen Literatur in der Bundesrepublik. Zuletzt erschien sein Roman ›Jagd‹ (1988).

Asta Scheib
Martin Walser

Armer Nanosh

Kriminalroman

Fischer
Taschenbuch
Verlag

Originalausgabe
Veröffentlicht im Fischer Taschenbuch Verlag GmbH,
Frankfurt am Main, Juli 1989

Mit freundlicher Genehmigung des Studio Hamburg,
Produktion für Film und Fernsehen GmbH

Umschlaggestaltung: Manfred Walch
unter Verwendung einer Illustration von Marek Mann, Köln
Gesamtherstellung: Clausen & Bosse, Leck
Printed in Germany
ISBN 3-596-28352-3

Armer Nanosh

Kapitel I

Valentin Sander betrat sein Kaufhaus selten durch den Haupteingang. Heute hatte ihm seine Sekretärin zugerufen, er müsse sich die neue Schaufensterdekoration ansehen. Das Kaufhaus Sander hatte den Internationalen Mode-Marketing-Preis bekommen. Als Trendsetter mit eigenwilliger Philosophie, hieß es in der Begründung der Jury, der IGEDO in Düsseldorf. Effizienz. Kreation von Leitbildern. Eigenständige Angebotspolitik. Das alles war dem Kaufhaus Sander bescheinigt worden. Die Bilanzen allerdings sahen anders aus.

Schmetterlinge in riesigen Ausmaßen bildeten die Kulisse der Schaufensterdekoration. Sie schimmerten in Neonfarben wie die Blousons, Shorts, Jogginganzüge und Stirnbänder, mit deren Hilfe die Kunden des Hauses ihr Lebensgefühl steigern sollten.

Valentin beachtete nur flüchtig die Arbeit der Dekorateure, er blieb vor dem Plakat stehen, das direkt am Eingang aufgehängt war und Ragnas Ausstellung ankündigte: Heute Vernissage: **KUNST IM KAUFHAUS**. Und: **RAGNA JUHL STELLT IM KAUFHAUS SANDER AUS**.

Valentin Sander fuhr mit der Rolltreppe hoch in den fünften Stock. In der Etage für Designer-Mode war ein großer heller Raum freigemacht worden für Ragnas Bilder. Valentin war schon mehrfach hier gewesen. Aber er war bisher immer aus seinem Büro im sechsten Stock gekommen.

Diesmal, als er die Rolltreppen hochgefahren war, die Verkaufsräume mit den hochgefüllten Regalen und den Verkaufstischen durchquert hatte, vorbei an den Kunden, die sich nach magischen Gesetzen hin und her bewegten, als er die summenden, wogenden, vom Kaufrausch erhitzten Etagen hinter sich gelassen hatte, war es ihm, als schlösse sich ein Vorhang, als betrete er eine kühle, lichte Stätte. Er ging sofort auf ein Bild zu, das etwas abseits in einer Nische hing. Sein Lieblingsbild, Öl auf Karton, Ragna hatte es ›REISE IN DIE ROCKIES‹ genannt. Die Felsformationen hatten Mäuler, Sphinxaugen. Sander verstand wenig von Kunst, aber Ragnas Bilder verstand er.

Einmal hatte Ragna ihm erklären wollen, was sie male: »Meine Unruhe, meine Ungeduld, meine Zweifel, meine Halluzinationen. Meine Bilder sind wie ich. Nicht harmonisch. Schwer genießbar. Für die Hüter der Kultur, des guten Benehmens, der Moral vielleicht unannehmbar. Doch dafür« – und dabei war Ragna wieder in ihren gewohnt ruppigen Ton verfallen – »dafür bezaubern meine Bilder, wie man sieht, die Analphabeten der Kunst. Und... Zigeuner.«

Als müsse sich die Kränkung wiederholen, hörte Valentin aus dem eigentlichen Ausstellungsraum das Intonieren einer Zigeunerkapelle. Georg... das war sein Titi-Steinberger-Quartett.

Valentin lief hinüber. Auf einem Podium standen die jungen Zigeuner Holzmanno und Ziroli an den Rhythmusgitarren. Als sie Valentin sahen, schauten sie einander kurz an, griffen die Saiten und sangen: »Mare Sinte, gamle Sinte, temer tschinenna...«

»Hört auf!« Valentin schaute die beiden Sänger nicht an, ging auf seinen Sohn Georg zu, der neben Hojok stand. Hojok intonierte auf der Violine, Georg hatte die Gitarre griffbereit und blickte Hojok konzentiert an. Valentin faßte ihn am Ärmel. »Hör auf, Georg! Wer hat dir gesagt, daß ihr hier spielen sollt?«

»Vater«, sagte Georg bemüht ruhig, »Vater, du weißt, daß ich nicht Georg heiße, sondern Titi. Titi Steinberger. Der Name ist dir ja nicht ganz fremd.«

Valentin sah die jungen Sinti an, sie starrten zurück. Aufsässig? Verächtlich? Auf jeden Fall solidarisch mit Titi. Valentin bemerkte erst jetzt, daß auch Yanko da war. Und nun kam Ragna. Mit Frohwein. Wieso ist der eigentlich so heiter? Oder strahlt

Ragnas Heiterkeit auf ihn ab? Frohwein sah gönnerhaft-verschwörerisch in die Runde: »Ich war das. Ich habe Ihren Sohn und seine Leute engagiert. Zu einer Ausstellungseröffnung gehört schließlich Musik.«
Valentin Sander schaute Frohwein an. Er kannte ihn seit dreißig Jahren, aber oft glaubte er, nichts von ihm zu wissen. Gefährte oder Feind – es wird sich vielleicht niemals klären. Wohl aber die Position. Daher sagte Valentin: »Wenn die hier spielen, lasse ich die Ausstellung platzen.«
Er wandte sich wieder an seinen Sohn. »Packt eure Sachen, verschwindet.«
Frohwein schaute in die Runde. Ein belustigter Verlierer, der sich seiner Sache sicher ist. Er zuckte mit den Achseln. »Dann eben keine Musik. 'tschuldigung, Chef, war gut gemeint.«
Valentin hörte nicht genau hin. Er sah, wie Ragna zu Georg ging. Er sah, wie das verkrampfte Gesicht seines Sohnes weich wurde, wie er leicht, nur für einen Sekundenbruchteil, seinen Kopf an Ragna lehnte. Valentin stellte zum erstenmal fest, daß Ragna so groß war wie Georg. Einsvierundachtzig, also vier Zentimeter größer als er selbst. Es störte ihn. Auch daß die beiden jetzt lachten. Sie schauten zu ihm herüber. Ragna strich leicht über Georgs Nasenrücken, kam dann auf Valentin zu.
Diese Zärtlichkeit für Georg konnte doch nur gegen ihn, Valentin, gerichtet sein. War Ragna raffiniert? Sie schaute Valentin an, schien belustigt, erstaunt über seine Aufregung. »Was wollen Sie, die Sinti-Musik paßt doch gut zu meinen Bildern.«
Valentin wehrte sich gegen ihr Verweigerungsspiel. Sie verbündete sich mit allen gegen ihn. Sie war nicht zu durchschauen. Warum konnte er nicht einfach nach ihr greifen, sie festhalten, ihr sagen: du gehörst zu mir. Sie hätte ihn ausgelacht. Auslachen, das gehörte zu ihrem Verführungs- und Abweisungsprogramm. In den wenigen Wochen, die sie sich kannten, war Valentin abhängig geworden von Ragnas Launen. Sie spielte mit ihm, konnte ihn mit einem Wort erledigen.
Als Frohwein jetzt auch noch fand, daß Sinti-Musik die ideale

Einstimmung für die Vernissage gewesen wäre, schaute Valentin von seinem Prokuristen zu Ragna: »Ich darf das dann wohl als kleines Komplott zwischen Ihnen beiden ansehen?«

Ragnas Blick schien zu sagen: Ein Komplott mit dem? Aber wirklich nicht. Laut sagte sie: »Das ist kein Komplott. Es ist nur schade. Die Musik war doch das Tollste an der ganzen Veranstaltung hier.« Ihre Stimme klang trotzig. Sie ging zurück zu Georg, der den Arm um ihre Schulter legte, nicht ohne dabei auf seinen Vater zu schauen. Ragna und Georg verließen den Raum, Valentin wollte ihnen nach, aber Frohwein hielt ihn zurück: »Vergessen Sie nicht, Herr Sander, in fünfzehn Minuten kommen die ersten Gäste. Sie müssen die Eröffnungsrede halten.«

Valentin nickte, lief aber trotzdem hinter Ragna und Georg her, die schon an der Treppe waren. Er hielt Ragna am Arm fest: »Wohin gehen Sie, soll die Vernissage ohne Sie stattfinden?«

»Sie schmeißen die Sinti raus, ich schmeiße die Vernissage – warum eigentlich nicht?«

Valentin sah Yanko näherkommen. Hastig stieß er hervor: »Bleiben Sie, bitte, Ragna. Es ist Ihre Vernissage.«

Ragna zögerte und verabschiedete sich mit einem flüchtigen Kuß von Georg. Valentin und Yanko beobachtend, ging sie zurück zum Ausstellungsraum. Valentin wußte, daß sie ihm eine genaue Schilderung seiner Ähnlichkeit mit Yanko nicht ersparen würde.

Warum wollte er nicht aussehen wie Yanko, der Bruder seines Vaters? Yankos Haut war so braun wie die seiner indischen Vorfahren, der Sindhi. Auch Valentins Haut war braun, doch anders als Yankos Haut, die mehr als sechzig Jahre lang in der Sonne war. Im Wind. Im Regen.

Sie galten als Asoziale – es interessierte niemanden, ob sie sich Sinti, Roma, Kalderasch, Gitanos, Zeyginer oder Zigeuner nannten – sie waren Asoziale. Nach Himmlers Definition ein »auf orientalischer und vorderasiatischer Mischungsgrundlage beruhendes Durcheinander verschiedener Rassen.« Für Yanko, für seine Frau Ani, für seine vierzehn- und zwölfjährigen Töchter hatte es den Auschwitz-Erlaß gegeben. Röntgenstrahlen. Zwangssterilisierung. Dann die Festnahmeaktion. Am 21.12.1942 waren sie ins Sammellager im Hafen, Fruchtschuppen 10, Baakenbrücke 2, gekommen. Yanko und seine Sippe, 16 von 20967 Zigeunern, die nach Auschwitz-Birkenau eingeliefert wurden. Als Yanko seine Töchter zum letztenmal sah, spannte sich ihre Haut über den Knochen. Krätze, Goma-Geschwüre. Hunger, Durst, Kälte. Schreien, Weinen, Wimmern, bis der Kinderblock ins Gas ging.

Nanosh, den knapp vierjährigen Sohn des Bruders, hatten sie nicht gekriegt. Scharlach und eine Ärztin hatten ihm das Leben gerettet, und die Sanders hatten ihn großgezogen. Doch jetzt, wo Yanko jeden Tag mehr Auschwitz in sich spürte, den Tod in sich spürte, jetzt mußte Nanosh zurückkommen zu seiner Sippe. Yanko war geduldig gewesen. Sanft, ganz sanft hatte er versucht, die fremden Wurzeln auszureißen, die Verflechtungen, die aus Nanosh Steinberger Valentin Sander gemacht hatten, den Sohn des Kaufmanns Friedrich Carl Sander. Doch Valentin wollte noch nicht wissen, daß er ein Zigeuner war, ein Sinti. Vater, Mutter, Großeltern, alle waren sie Sinti. Man sah es Valentin ja auch an, jeder konnte sehen, daß Valentin ein Sinti war. Wie sein Sohn Georg. Georg war schon lange Titi, Titi Steinberger. Und je mehr Nanosh sich wehrte, je näher kam Titi der Sippe. Der Älteste, Moritz, nicht, der war ganz der Sohn seiner Mutter, einer Gadschi. Die Sanders konnten ihn behalten. Ihm, Yanko, genügten Nanosh und Titi. Und auf sie würde er nicht verzichten. Doch was war mit dieser blonden Gadschi, dieser Malerin? Was hatte Titi mit ihr zu tun? Und vor allem, was wollte Nanosh von ihr?

Valentin kannte Yankos Gedanken. Er fühlte sich Yanko nahe, manchmal. Doch zwischen ihnen lagen Jahre, in denen Valentin an einem mit Damast gedeckten Tisch gegessen hatte, in denen er die Gesetze des Lebens ablas aus dem Gesicht Fried-

rich Carl Sanders, der von Kaufmannstradition sprach und von humanistischem Geist. Statt des Sinti-Idioms lernte Valentin Griechisch, Latein und Englisch. Soll und Haben. Sein Jackett, das er zur Konfirmation bekam, hatte Goldknöpfe und war aus Kaschmirwolle. Und es gefiel Valentin. Es gefiel ihm auch, neben seinem Vater durch das Kaufhaus Sander zu gehen. Ihm, dem Junior, brachte man Respekt entgegen, Aufmerksamkeit. Damals wußten nur die engsten Familienmitglieder über Valentins Herkunft Bescheid. Sein dunkler Typus wurde seiner frühverstorbenen Stiefmutter, Valentina, zugeschrieben, einer geborenen Georgii aus Bozen, die in Hamburg nie heimisch geworden war und monatelang bei ihrer Familie gelebt hatte. Valentina starb früh. Valentin, fremdländisch schön und liebenswürdig, gefiel den weltoffenen Hanseaten. Er trieb sich schon als kleiner Junge im Kontor des Vaters herum, der ihn mit gespielter Strenge behandelte. Seine Schwester Henriette, Ärztin in der Eppendorfer Klinik, hatte das Kind ins Haus gebracht. Sie hatte den Jungen in der Isolierstation liegen sehen, hatte sich in das Kind verliebt, das keine Angehörigen hatte, Tag um Tag allein in seinem Bett lag. Sie hatte sich schließlich ausbedungen, den Kleinen zu pflegen. Und so war es für die Ärztin schließlich keine große Mühe, seine Papiere aus der Kartei zu entnehmen und seine Verlegung in eine Kinderklinik vorzutäuschen. Von diesem Tag an gab es Valentin Friedrich Carl Sander, den einzigen Erben des Kaufhauses Sander.
Valentin wunderte sich immer noch, daß er vor Yanko nicht weggerannt war. Er war mit seiner Klasse beim Baseball-Spiel gewesen, als ihm ein Junge sagte: »Du sollst mal zu dem da an den Zaun kommen.« Der da, das war Yanko. Valentin hatte sich geschämt, aber er war zu ihm hingegangen. Immer, wenn Yanko kam, war er zu ihm hingegangen. Auch noch als Friedrich Carl Sander schließlich davon erfahren und ihm strikt verboten hatte, mit dem Zigeuner zu reden. Auch als Tante Henriette weinte, ihn bat, Yanko doch nicht mehr zu treffen. Obwohl Valentin es eigentlich selber nicht wollte, besuchte er

Yanko auch im Lager, bei den anderen. Aber er wollte nicht, daß sie ihn da besuchten, wo er zu Hause war. Und auch heute wollte Valentin nicht, daß Yanko im Haus war. Vor allen Dingen nicht bei der Vernissage.
Als Valentin Yanko endlich draußen hatte, drückte er ihm fest die Hand. Er sollte gehen. Doch Yanko war noch nicht fertig. Er schaute Valentin an, faßte ihn leicht am Jackett: »Du, laß die Gadschi, Nanosh.« »Ich heiße Valentin.« Yanko lächelte: »Nanosh Steinberger.«
Yanko schob den Ärmel seiner Jacke hoch. Er schaute Valentin an, doch der schaute weg. Er wußte ohnehin, was Yanko ihm zeigte. Die Nummer Z 2983, die auf seinem Unterarm eingraviert und deutlich zu lesen war.
»Yanko«, sagte Valentin, »in fünf Minuten muß ich die Ausstellung eröffnen.«
Yanko hielt ihm weiter den Arm hin und wiederholte, was er seinem Neffen seit Jahren erzählte: »Am Tag vor seinem Tod hat dein Vater zu mir gesagt: Yanko, nach mir führst du die Sippe. Kommt aber Nanosh davon, übergibst du an Nanosh.«
Und er setzte hinzu: »Wenn du die blonde Gadschi nicht lassen kannst, Nanosh, bist du verloren. Und sie auch.«
Was geht das dich an, dachte Valentin. Aber er wollte Yanko nicht beleidigen. Lieber vertrösten. »Auf Wiedersehen, Yanko, ich komme raus zu euch.«
Yanko drehte sich im Weggehen nochmals um. »Du kommst nicht. Leb wohl, Nanosh.«
»Ich heiße Sander. Yanko. Adieu. Ich komme trotzdem.«
Yanko ging hinaus, er erwiderte Valentins Gruß nicht.

Kapitel II

Schon acht Minuten über die Zeit. Und er mußte jetzt reden. Er, der nichts von Kunst verstand. Wahrscheinlich verstanden alle, die da in Grüppchen herumstanden, viel mehr von Kunst als er. Er sah Ragna an. Ihr Gesicht wirkte jetzt eigentümlich hilflos und hochmütig. Er dachte an das, was Yanko gesagt hatte, und begann:
»Meine Damen und Herren, es ist sicher riskant für beide, für die Künstlerin und für das Kaufhaus, aber wir wagen es, nicht wahr, Frau Juhl. Und daß Sie alle gekommen sind, zeigt mir, zeigt uns, daß wir etwas Sinnvolles getan haben. Kunst will Dauer, das Kaufhaus dient dem Augenblick…
Vielleicht tun sie einander gut, das Kaufhaus und die Kunst. Ich wünsche es uns…«
Jetzt hatte er doch genug gesagt. Warum applaudierten die denn nicht? Schließlich war doch jeder froh, wenn einer aufhörte zu reden. Warum starrten die ihn wortlos an? Er war kein Galerist. Also sagte er dann in die Gesichter hinein, daß die Ausstellung eröffnet sei, worauf auch alle klatschten. Und Frohwein filmte natürlich wieder. Valentin ging das Hobby seines Prokuristen manchmal auf die Nerven.
Frohweins Kamera war auf Karin gerichtet. Valentin sah, daß seine Frau es nicht bemerkte.
Er sah, wie Karin sozusagen darin aufging, Verachtung zu zeigen. Sie hängte sich bei Moritz ein, der sofort verstand und seine Mutter liebevoll um die Schulter faßte. Karin und Moritz, Karin und Georg. Eine Gemeinschaft aus Liebe. Valentin wußte, daß seine Söhne ihn, wenn nicht ablehnten, so doch mieden. Seit er sich von Karin entfernt hatte, hatten seine Söhne sich auch von ihm entfernt.
Zum ersten Mal waren Karin und Ragna zusammen in einem

Raum. Karin, in ihrem schwarzen Hosenrock und dem kamelhaarfarbenen Jackett sah knabenhaft aus, streng. Ihr fahl blondes Haar war sorgfältig gesträhnt. Viele der Vernissage-Besucherinnen glichen Valentins Frau. Trugen Hosenröcke, Blazerjacken. Mal geblümt, mal gestreift, mal kariert. Und alle schienen eine Vorliebe für schwarze Lackslipper zu haben. Und für Täschchen, die sie an langen Riemen quer über den Körper geschnallt trugen. Vielen Gesichtern sah man die Diät an, den ständigen Kampf um die Pfunde.
Dagegen wirkte Ragna provozierend mit ihrer Größe, ihrer ungenierten Fülle unter dem enganliegenden Lurexmini. Sie war achtundzwanzig und verhielt sich wie eine Zuschauerin, lächelte spöttisch. Valentin hätte sie gern berührt. Vor allen Leuten. Ja, gerade hier vor allen Leuten. Hatte sie das in seinem Blick gelesen? Jedenfalls drehte sie sich weg, ging zu Georg, der vor einem ihrer Bilder stand.
Karin und Moritz schauten ebenfalls zu Ragna und Georg hin. Wie ähnlich die beiden einander sind, seine Frau und sein Ältester. Die Abneigung gegen Ragna schien sie einander noch ähnlicher zu machen. Valentin glaubte zu wissen, was Karin, jüngste Tochter der Reederei Feddersen, über Ragna dachte. Widerlich, dachte sie, peinlich, wie sie ihre Brüste zur Schau stellt, ihren ordinären Po. Gerade, daß ihr Kleid ihn bedeckt. In Wahrheit enthüllt so ein Schlauchkleid alles, und genau das will sie ja, diese Malerschlampe. Künstlerin will sie sein, man muß sich nur mal die Fratzen ansehen, die sie malt. Das ist, wenn es hochkommt, Symbolfetischismus, was die auf die Leinwand bringt. Weist doch geradezu auf ihren Charakter hin. Da muß man gar nicht mehr die hungrigen Blicke sehen, mit denen sie Georg ansieht. Und Valentin. Wen will sie nun eigentlich, will sie alle beide?
Karin schaute jetzt herüber. Ja, schien sie zu sagen, ja, das alles und noch mehr denke ich über deine Schlampe, über diese ordinäre Kuh, die alles zwischen uns kaputtmacht... Valentin erschrak. Er hatte Karin diesen Blick nicht zugetraut.

Ausgerechnet Bleichertz mußte ihm jetzt seinen blanken Eierschädel aufdrängen. Bleichertz, der glaubte, Valentin loben zu müssen. So wie eine Größe den absoluten Anfänger tröstet: »Herr Sander, Kompliment. Sie haben da eine Begrüßung hingelegt. Gratuliere. Sie machen das wie der routinierteste Galerist. Doch, doch, doch.«
Dieser Arsch. Wie der Ragna anschaut. Kunstsammler ist der Herr Bleichertz, Mäzen. Redet von der Sexualsymbolik in Ragnas Bildern. Natürlich, was soll Herr Bleichertz auch sonst darin sehen. Ragnas Arbeit sei von schockierender Originalität. Das geht dem bloß so von den Lippen. Dem Parfum-Grossisten. Bleichertz weiß wahrscheinlich genau, was Valentin über ihn denkt. Aber Valentin hat gelernt, Leuten wie Bleichertz zu sagen, was sie hören wollen: »Schön, daß Sie gekommen sind, Herr Bleichertz. Für die Künstlerin eine Auszeichnung, ein Sammler wie Sie...«
Bleichertz lächelte, nickte, sagte ernst: »Selten, daß die Bilder so attraktiv sind wie die Künstlerin...«
In dieser Sekunde sah Valentin, daß Moritz auf Georg und Ragna zuging, daß er sie trennen wollte. Im Auftrag von Karin? Karin konnte doch nicht wollen, daß es offenen Ärger gab. Sie konnte doch nicht so steif herumstehen.
Valentin ging zu seiner Frau hinüber. »Bitte, Karin...« sagte er und wußte nicht weiter.
Karin blickte ihn ausdruckslos an.
»Ich interessiere mich nicht für moderne Kunst«, sagte sie, »das weißt du. Und für diese Kunst schon gar nicht.«
»Warum bist du dann überhaupt hergekommen?« Valentin sah dabei nicht Karin an, sondern Frohwein, der mit seiner Kamera offenbar gar nicht mehr aufhören konnte, Ragna zu filmen. Daß er das Drama, das sich zwischen Valentins Söhnen und Ragna abspielte, förmlich anheizte mit seiner Kamera, schien ihm egal zu sein. Moritz versuchte, Georg von Ragna wegzudrängen, er redete auf ihn ein, schob sich zwischen Ragna und Georg. Valentin hörte seine Frau sagen: »Moritz wollte, daß ich

mitkomme. Er sagte, wenn ich nicht mitginge, mache ich es dir zu leicht.«

Valentin konnte sich nicht mehr um Karin kümmern. »Entschuldige«, sagte er und ging so schnell, wie er hier gehen durfte, zu den Söhnen und Ragna hinüber.

Moritz konnte es kaum erwarten, seinem Vater ins Gesicht zu sagen, was er dachte: »Ich finde nicht, daß Georg hier in aller Öffentlichkeit als dein Nebenbuhler auftreten sollte. Es genügt ja, wenn du deine Begeisterung für die Künstlerin herausbrüllst.«

Moritz brüllte nicht. Moritz wurde nie laut. Valentin und Moritz standen einen langen Augenblick lang stumm voreinander.

Seinen Bruder Georg konnte Moritz zur Not noch verstehen. Der war gerade mal zwanzig und ganz berauscht von dieser Malerwalküre. Dichtete indisch. Hing bei den Sintis rum. Ihm, Moritz, konnte das egal sein. Kam er ihm wenigstens nicht in die Quere. Georg und das Kaufhaus Sander? Undenkbar. Deshalb sollte der Kleine doch machen, was er wollte. Und wenn er sie schaffte, die Juhl – auch gut. Aber sein Vater! Der war schließlich bald fünfzig. Was glaubte der denn, was er noch alles zu erwarten hatte? Mama war wohl nicht mehr genug für ihn? Mußte er sie auch noch blamieren, hier vor den Leuten? Ihm reichte es jetzt. Aber seinen Vater, den kaufte er sich noch. Und die Juhl. Die konnte was erleben.

»Komm, Mama«, sagte Moritz. »Und du, Georg, kommst auch mit.« Er überhörte, daß Valentin ihn mehr drohend als bittend anrief. Moritz mußte seine Mutter trösten, ritterlich entschädigen für die Blamage, die der Vater ihr zufügte.

Valentin schaute seiner Familie nach, die, sich hier und da verabschiedend, die Ausstellung verließ. Bedrückt suchte er Ragna. Obwohl er schon lange wußte, daß sie bei Bleichertz war. Sie standen in einem Halbkreis von Zuhörern vor Ragnas Bild ›Hafen mit Hexen‹. Bleichertz referierte so selbstvergessen, als hätte er das Bild selber gemalt: »Der Themenkreis Frau

Juhls – sehen Sie, immer satirische Zeit- und Gesellschaftskritik. Ihre Bilder, welches auch immer, sind sozusagen Sozialgedichte, feministische Gerichtstage...«
War Ragna begeistert? Oder wollte sie endlich dem Geschwafel ein Ende machen? Sie ging auf Bleichertz zu, nahm seinen Kopf, zog ihn zu sich und küßte ihn auf die Glatze. Die Zuhörer klatschten. Das gefiel ihnen besser als jedes Bild. Valentin meinte, den Geschmack von Bleichertz' Glatze auf den Lippen zu spüren. Am liebsten würde er ausspucken. Für einen Moment bildete er sich ein, er könnte Ragna ganz dieser Glatze überlassen, doch dann überwältigte ihn seine geradezu orientalische Eifersucht. Ihm wurde schwindlig, er spürte, wie das Blut in seinen Ohren sauste. Als er sich überzeugt hatte, daß seine Familie gegangen war, daß sie den Glatzenkuß nicht auch noch erlebt hatte, sah er seine Sekretärin. Sie schien in diesem Moment der einzige Mensch zu sein, den er ertragen konnte. Er nahm Frau Stoll in die Arme. »Schön, daß Sie gekommen sind, wirklich schön.«
Frau Stoll zeigte, daß sie diese Umarmung nicht Regina Stoll, sondern einer heftigen Gemütsbewegung ihres Chefs zuschrieb, die mit jemand anderem zu tun hatte. Frau Stoll hatte schon die ganze Zeit beobachtet, wie Ragna Juhl mit Bleichertz flirtete.
Valentin sah Frau Stolls Blick. Er wollte ihr am liebsten sagen, daß Ragna nicht so sei, daß sie nur Spaß daran habe zu provozieren. »Soll ich Sie Frau Juhl vorstellen?«
»Sie interessiert mich schon, die Frau Künstlerin«, sagte Regina Stoll zögernd. »Schon, weil sie Sie derart stark interessiert. Und ich verstehe auch, warum sie Sie interessiert... Sie ist nicht so glücklich, wie sie tut – glaube ich.«
Valentin wollte plötzlich nicht mehr über Ragna reden. Frau Stoll gehörte zum Kaufhaus Sander. Da sollte sie ihre Phantasien einsetzen. »Frau Stoll, können Sie morgen eine halbe Stunde eher kommen?«
»Natürlich, Herr Sander. Wann Sie wollen.«

»Ich hätte gern etwas erledigt, ehe der Trubel losgeht.«
»Ich bin um acht Uhr im Büro.«
»Nein, nein, halb neun genügt.«
»Ihre Frau ist nicht lange geblieben.«
»Ja. Nein.«
Sie sah, daß Valentin wieder zu Ragna hinschaute.

Als Regina Stoll mit zwanzig ins Kaufhaus Sander gekommen war, lebte Friedrich Carl Sander noch. Regina, nach dem Besuch der Höheren Handelsschule erst mal unschlüssig, half im Privatsekretariat des »Alten« aus. Und blieb. Als Valentin Sander ins Geschäft eintrat, war Regina Stoll dort schon wer. Und sie hatte von der ersten Minute an, in der sie Valentin sah, von ihm begrüßt wurde, in der ersten Minute schon hatte sie das unbestimmte Gefühl, ihn beschützen zu müssen. Vor dem »Alten«, vor Frohwein, vor ihm selbst. Sie spürte, daß er, und wenn er noch so korrekte Blazer und Westenanzüge trug, eigentlich nicht in dieses Kontor paßte. Obwohl er sich wie ein Puzzlestück einpassen wollte. Regina Stoll sah ihn mit Yanko, erfuhr durch Frohwein von seiner Herkunft. Um so unverbrüchlicher unterstützte sie ihn. Pfiff Frohwein zurück, der dem gleichaltrigen Neuling immer eine Nasenlänge voraussein wollte. Frohwein hatte das Kalkül, Valentin Sander die Ideen. Gegen den Willen von Frohwein setzte Valentin Sander die »Designer-Etage« durch. Ein Wagnis, dem das Kaufhaus die heutige Position zu verdanken hatte. Valentin war es auch, der alljährlich im Advent das Handwerk alter Tradition wieder aufleben ließ. Er ließ Töpfer im Kaufhaus arbeiten, Kerzenmacher, Glasmaler. »Das kostet uns zuviel Platz, zuviel Zeit, zuviel Geld. Gerade im Weihnachtsgeschäft.« Frohwein hatte gewütet, Valentin Sander, unterstützt von Frau Stoll, hatte sich auf die Suche gemacht. Bereits im ersten Jahr war das Kaufhaus Sander schon Wochen vor Weihnachten zum Bersten voll. Und heute konnte sich niemand mehr vorstellen, daß die alten Handwerke nicht mehr zum Advent ins Kaufhaus einzögen.

Ja, sie hatten Siege errungen, Valentin Sander und Regina Stoll. Seine Erfolge gehörten auch ihr. Sie wußte, wann er morgens als erstes Aspirin-C brauchte. Sie kannte auch die Menge Kakao und die Prise Salz, die sie dem Kaffee beimischen mußte, so daß Valentin Sander ihn mochte. Er mußte ihr nicht mehr diktieren, schon lange nicht mehr. Stichworte genügten. Nicht einmal die hätte sie gebraucht. Sie fühlte sich ihm nahe. Eine Verwandtschaft, über die niemand informiert war. Glaubte Regina. Doch einmal hatte Usch, Reginas jüngste Schwester, bei einer Werbeaktion im Büro ausgeholfen. Usch, 22, studierte Medizin. Die beiden älteren Schwestern Grit und Regina finanzierten ihr Studium. Die ganze Familie entschuldigte sich damit gleichsam dafür, daß bei Usch eine Hüftluxation übersehen worden war, so daß sie jetzt hinkte. Als suchte Usch ihrerseits wieder um Entschuldigung zu bitten, daß sie so viel Aufwand beim Gehen machte, strahlte sie ständig. Vor allem im Gespräch leuchtete ihr Gesicht, es öffnete sich wie eine Blüte. Als suche sie den Blick ihres Gegenübers auf ihrem Gesicht festzuhalten. Schau mich an, schau mein Gesicht an, meine Augen. Mehr als das mußt du von mir nicht sehen. Nach dem Tag im Büro des Kaufhauses Sander, nach dem gemeinsamen Mittagessen mit Valentin in der Kantine, hatte Usch Regina umsorgt wie eine Kranke. »Ich begreif jetzt alles«, hatte sie nach Büroschluß, als sie in Reginas Auto heimfuhren, gesagt. »Ich versteh jetzt, warum Klaus nur ein LG ist.« Der LG, das war in Uschs Sprache Reginas Lebensgefährte, ihr Freund Klaus Richter. Seit sechs Jahren lebten sie zusammen. Regina hatte aber immer noch ihr Zimmer im Elternhaus. War Klaus Richter verreist, kam Regina heim. Nach dem Tod der Eltern hütete Usch das Haus. Und den Kompost. Dünger zum Nulltarif. An den Wochenenden war das Stollsche Haus offen für Umweltschutzstreiter. Grit und Usch veranstalteten Umweltparties, bei denen Grit den Besuchern Vorschläge machte. Jeder einzelne müsse was tun, sagte Grit. Es kamen viele junge Leute, aßen Tofuschnitzel und Zwiebelkuchen, erörterten kauend Vor-

schläge für Aktionen. Die umfangreiche Frau von Allvensleben, die in Spitzenstrümpfen und Knöpfstiefelchen wie eine überdimensionale Puppe aussah, Frau von Allvensleben schlug jedesmal vor, daß alle gemeinsam zum Wattenmeer reisen sollten. »Sinnliche Erfahrung«, sagte Frau von Allvensleben kauend, »uns fehlt die sinnliche Erfahrung. Erst, wer gesehen hat, wie eine Robbe stirbt, erst der kämpft.«
Grit und Usch wollten auch das Kaufhaus Sander einspannen. Sehr zögernd war Regina darauf eingegangen. Schließlich war die Finanzlage des Hauses schwierig. Und alle wollten Spenden. Manchmal dachte Regina, daß in der Freien und Hansestadt Hamburg jeden Tag neue Vereine gegründet würden. Vereine, die dringend das Kaufhaus Sander als Sponsor brauchten. Vereine für volkstümliches Schwimmen, für deutsche Schäferhunde, ein Verein der Förderer der Mehl- und Eiweißforschung, ein Verein für Verteidigungssport. Alle brauchten Geld.
Und jetzt sollte sie Valentin Sander fragen. Obwohl es blödsinnig war, hatte sie das Gefühl, etwas für sich und ihre Schwestern zu erbitten. Doch Valentin war nicht einmal erstaunt. »Überlegen Sie sich was, Grit und Usch sollen sich was überlegen, was auch dem Kaufhaus hilft. Gar nicht schlecht.«
So pragmatisch war sonst nur der Frohwein. Wie Valentin ihr gegenübersaß, das dichte schwarze Haar an einer Seite bis in die Augen hängend, Augen und Mund immer leicht verkniffen, als störe ihn die Sonne, wie er so vor ihr saß und die Steuerunterlagen prüfte, obwohl es ihn nicht interessierte – wie er so dasaß und Dinge tun mußte, die nichts mit ihm zu tun hatten, da hätte Regina Stoll ihn wieder spüren mögen. So wie neulich beim Anflug auf Hamburg, als die Maschine in einen Sturm geriet und derart schaukelte, daß viele Passagiere bleich wurden und spuckten. Da hatte Valentin Sander grinsend den Arm um Regina gelegt, die auch bleich war und zu Gott betete, daß er sie nicht kotzen lassen möge. Nicht jetzt, bitte! War es Valentins Arm, seine Hand, die ihren Kopf an

seine Brust drückte – jedenfalls beruhigten sich Reginas Magennerven auf der Stelle.
Was sie fühlte, würde sie niemals beschreiben können. Obwohl sie niemals gewußt hatte, was sie von Valentin Sander erwartete, war es so gewesen, war ihr Gefühl so gewesen, wie sie es erträumt hatte. Regina hatte schon früh gelernt, mit der Unerfüllbarkeit von Wünschen zu leben. Obwohl früher, als Kind, Unmögliches noch nicht so endgültig unmöglich gewesen war wie heute.
Als Regina Karin Sander kennenlernte, war sie um die Mitte Zwanzig. Eine Zarte, Blonde, deren mürrische Zurückhaltung durchaus reizvoll war. Auf die jüngere Regina wirkte die Frau des Juniorchefs wie ein verzogenes, trauriges Kind. Ein Dornröschen, das vom Märchenprinz wachgeküßt werden muß. Doch Valentin Sander, der äußerlich und in seinen Manieren Märchenprinzvorstellungen nahekam, hatte seine Frau offenbar nicht wachküssen können. Was Regina indes an Karin Sander gefiel, war ihre überraschende Offenheit. Niemals spielte sie, repräsentierte sie. Das schien sie zu verabscheuen.
Mit dieser Frau konnte Regina Stoll leben. Mit ihr konnte sie Valentin Sander teilen. Sie ließ genug übrig. Im Laufe der Jahre entwickelte Regina Sympathie für die Frau ihres Chefs. Und wenn, ganz selten, Damen anriefen für Valentin Sander, dann fragte Regina Stoll knurrend, ob sie mit Frau Sander verbinden dürfe. Herr Sander sei nicht da.
Regina sah zu, wie es ihn quälte, die Rolle eines Hamburger Geschäftsmanns zu spielen. Wie er auch von Frohwein nach Kräften daran gehindert wurde. Und die Sippe. Dieser Yanko kam immer öfter, Valentin schloß hinter ihm die Tür, niemand durfte stören. Und Regina fand, daß Valentin nach einem Gespräch mit Yanko zigeunerischer aussah als vorher.
Das machte ihr zwar Sorgen, doch konnte sie teilhaben. Im Geschäft handelte sie notfalls aus eigenem Ermessen in seinem Namen. Valentin wußte, daß sie cleverer war als er. Daß sie ihre Cleverness nie gegen ihn verwenden würde, nur für ihn.

Und Karin Sander überließ Regina soviel von Valentin, daß sie Klaus Richter nicht ganz brauchte. Daß der deshalb manchmal in Besitzraserei ausbrach, gefiel ihr sogar. Gab ihr ein Gefühl von Unabhängigkeit, denn immer war Klaus es, der darauf drang, mit ihr zu schlafen. Aus der Erfahrung, daß bei ihr der Appetit beim Essen kam, gab Regina meistens nach.
An dem Tag, an dem Frohwein die Malerin mit ins Kaufhaus Sander brachte, veränderte sich alles. Nichts, aber auch nichts mehr blieb, wie es vorher war. Zuerst fiel Regina Stoll der Nietengürtel auf. Eine Frechheit. Wer solch einen Busen hat, muß ihn nicht geradezu auf die Männer hinschleudern. Das tat diese Frau, indem sie einen überbreiten schwarzen Ledergürtel, mit Silbernieten beschlagen, so fest um die Taille zurrte, daß darüber der Busen und darunter die Hüften quollen. Eine Haarmähne, an dieser Frau war ja alles üppig, hing wuschelig um den Kopf bis weit in den Rücken. Eine Art Hosenrock aus Jeansstoff, an den nackten Beinen schwarze Cowboystiefel.
Dieser aufgeworfene Mund, wie eine geplatzte Frucht. Die Nase zeigte an der Spitze leicht nach oben. Vielleicht sah die Frau deshalb so aggressiv aus. Aber schön war sie schon. Wenn man auch nicht wußte, warum.
Frohwein benahm sich wie ein Bärenführer. Er ließ die junge Frau zu Regina ins Büro tanzen und dann hinein zu Valentin.
Ehe die Tür zu Valentins Büro zufiel, hatte Frohwein Regina noch einen triumphierenden Blick zugeworfen. Was sollte das? Regina Stoll versuchte, sich auf ihre Korrespondenz zu konzentrieren, aber immer wieder horchte sie nach dem Chefzimmer. Das Parfum der Blonden entfaltete sich im Raum. Es störte sie.
Frohwein und Sander gingen dann mit dieser Frau essen. Ragna Juhl hieß sie, war Malerin. Jetzt glaubte Regina sich zu erinnern, daß sie ihr Bild in der Zeitung gesehen hatte. Von einer solchen Frau träumten die Männer. Alle. Oder fast alle. Nicht jeder würde es zugeben. Vor allem dann nicht, wenn die

Trauben gar zu hoch hingen. Regina hatte das bei Männern schon erlebt, daß sie verächtlich über eine attraktive Frau sprachen. Sei es, um ihre Ehefrau zu beruhigen, sei es, um den Anschein auszuschließen, sie seien scharf auf diese Frau. Sie konnte Klaus Richter förmlich vor sich sehen, wie er kühl wartend abseits stehen würde, um auf das kleinste Entgegenkommen hin dann besinnungslos ihr zu Füßen zu stürzen.

Und Valentin Sander? Wie würde er auf die Herausforderung reagieren? Daß Frohwein was mit der Juhl im Schilde hatte, war klar. Ausstellen sollte sie, hieß es. Das Kaufhaus Sander wird Ragna Juhls Bilder ausstellen. Warum nicht. Doch das konnte nicht alles sein, der Frohwein war doch sonst nicht für Aktionen...

Bald gab es für Regina Stoll nicht mehr den geringsten Zweifel. Valentin Sander und diese Frau. Jeden Morgen hetzte Sander in sein Büro. Schloß, fast ohne Gruß, die Tür und begann zu telefonieren. Tigerte im Raum herum. Das hieß für Regina Stoll, daß er Ragna nicht erreicht hatte. Er konnte sie oft nicht erreichen. Dann war er für Regina Stoll, für das Kaufhaus Sander, unbrauchbar. Was hatte diese Person mit ihrem Chef gemacht! Der war ja völlig hinüber. Etwas war mit ihm passiert. Etwas Lebensveränderndes. So wie es Regina Stoll vor zwanzig Jahren passiert war. Nur war es bei ihr leiser abgelaufen. Übersehbarer. Valentin Sander jedoch war verzweifelt wie einer, der nur noch diese eine Möglichkeit sieht. Diese Möglichkeit war Ragna Juhl. Es wurde Regina Stoll kalt bei dem Gedanken, daß sie diese Rolle niemals im Leben eines Mannes gespielt hatte, niemals spielen würde. O Gott, wie auch. Sie wußte gar nicht, ob sie sich eine Rolle wie diese je gewünscht hatte. Vielleicht ja doch. Bei Valentin Sander. Sie hatte mehrfach durchgespielt, wie es denn hätte sein können, wenn sie weniger eckig, weniger flach, ihr Kinn weniger energisch, ihre Ausstrahlung weniger kompetent gewesen wäre. Sie galt als kompetent. Kompetent für eine Kaufhaus-Direktion. Nicht und niemals kompetent für Opern, Dramen. Kumpel war sie da, wo sie in Flammen hätte

stehen wollen. Beschützerin, wo sie auf dem weißen Pferd hätte geraubt werden wollen.
Aber das war Ragnas Welt, nicht ihre.
Regina Stoll sah, daß auch Karin Sander sich verändert hatte. Ihr Gesicht war in einem Ausdruck trostlosen Erstaunens erstarrt.

Kapitel III

Sie saßen in der Bar des ATLANTIC. Das war Bleichertz' Idee. Wo sonst in Hamburg sollte der auch hin. Valentin stand am Tresen und kaute auf einer Olive herum. Er war hungrig, doch vor allem war ihm übel. Es quälte und ekelte ihn, Ragna und Bleichertz zu sehen. Sie saßen nah beieinander. Bleichertz sprach auf Ragna ein. Es war, als wollte er sie mit seinen Worten einschnüren, umschnüren, fertigmachen zum Abtransport. Hörte Ragna ihm zu? Sie warf ihr Haar in den Nacken. Lachte. Ragna war betrunken wie Bleichertz. Wie die anderen. Wie Valentin. Er spürte, daß sich der Whiskey schön und scharf in ihm ausbreitete. Er sah Frohwein, der sich wieder an seiner Filmkamera zu schaffen machte. Was bezweckte der Trottel? Er will wohl wieder Ragna filmen. Ragna. Seine Ragna. Ach ja. Ragna ist niemandes Ragna. Sie gehört nicht einmal sich selbst. Weiß nicht, wohin mit sich.

Manchmal innerhalb der letzten Wochen hatte Valentin geglaubt, daß sie auf ihn zusteuerte. Beim erstenmal, als Frohwein sie zu Valentin ins Büro brachte, lagen ihre Hände zufällig nebeneinander auf dem Tisch. Es war Valentin gewesen, als brenne der Tisch zwischen ihnen. Ragna kannte offenbar ihre Wirkung auf Männer. Jedenfalls hatte sie ungeniert Valentins Hand vom Tisch genommen, auf höchst sachliche und geschäftsmäßige Weise die Linien seiner Hand studiert. Sie schien gar nicht auf die Idee zu kommen, daß sie sich indezent verhalten könne.

Sanft fuhr sie mit den Fingerkuppen an seinem Handballen entlang. »Na, Kreuzlinie schneidet Sonnenschein – gar nicht schlecht, Herr Sander, bedeutet Geld und Glück. Doch hier, die Schlange, was soll das? Die macht uns alles kaputt, die schneidet die Sonnenscheinlinie. Wenn das nur gutgeht.«

Sie lachte. Bei jeder anderen Frau hätte Valentin ein solches Verhalten als aufdringlich empfunden. Dreist. Vulgär. Nicht bei Ragna. Sie war direkt, sagte ohne Worte, was sie wollte, und genau das wollte er hören. Sie nahm vorweg, was er niemals hätte ausdrücken können. Oder allenfalls in dürren Worten. Ragna brauchte keine Worte. Sie brauchte nur dazusitzen.
Frohwein sagte dann, auf Ragnas Handlesekunst anspielend: »Haben Sie das bei den Zigeunern gelernt?«
Für einen Moment wurde es still, und Valentin spürte einmal mehr, daß Frohweins freundschaftlich-kumpelhafter Ton nicht ohne Häme war.
Was sollte die Anspielung? Wollte er dem Kaufhaus Sander eine Künstlerin vermitteln, oder was wollte er?

Auch heute, Wochen nach Ragnas Besuch im Kaufhaus, wußte Valentin nicht, was Frohwein mitbekam. Hatte er gemerkt, daß Valentin und Ragna sich fast täglich trafen? Er ließ sich niemals etwas anmerken, er sprach von Ragna nur im Zusammenhang mit der Ausstellung. Doch warum, zum Teufel, filmte er sie dauernd? Warum filmte er jetzt Ragna und Bleichertz? Sah er nicht, daß beide betrunken waren, daß die ganze Gesellschaft offensichtlich die Bar für ein getarntes Eroscenter hielt? Valentin sah tätige Hände, die nur von benebelten Gehirnen gesteuert sein konnten, denn sie beachteten weder die Gesetze der Partnerschaft noch die der öffentlichen Moral. Und Bleichertz hing jetzt schier auf Ragna, die ihn von sich abhielt, so gut das in der Enge ging.
Valentin holte seinen Mantel und suchte Ragnas Lederjacke. Als Ragna ihn kommen sah, stand sie sofort auf. Bleichertz folgte ihrem Blick und grölte: »Überlegen Sie sich das, von wem Sie sich in den Mantel helfen lassen, Ragna. Ich sage nur, überlegen Sie sich das!!«
»Du besoffener Idiot«, dachte Valentin, schaute aber nur Ragna an, die sich über die Knie der anderen auf ihn zu bemühte. Frohwein wollte Zeit gewinnen, er hatte seine Kamera noch nicht

schußbereit. Er mischte Bleichertz auf: »Von wem sie sich aus dem Mantel helfen läßt, darauf kommt's an, Bleichertz.«
Die Runde war jetzt aufmerksam geworden. Die Frau des Autogroßhändlers, die ihre Zunge soeben noch tief in den Baudezernenten eingeführt hatte, flüsterte ihrer Nachbarin zu, daß sie sich gleich schlagen werden um diese ordinäre Malerin, der Bleichertz und der Sander. Hab doch gleich gewußt, daß da was läuft.
Ragna versuchte, über die Knie des Journalisten zu steigen, der die Vernissage in seinem Boulevardblatt erwähnen wollte. Er hielt sie fest, maulte: »Ich muß Sie noch soviel fragen, Frau Juhl.« Er versuchte, Ragna neben sich auf die Polsterbank zu ziehen. Ragna schaute Valentin unschlüssig an.
»Ragna, bitte.«
Jetzt stand Bleichertz auf. Schwankend brachte er seinen massigen Leib auf die Beine. Er weinte fast vor Erregung. »Sie will ja überhaupt nicht gehen! Herr Sander, Sie müssen noch viel lernen, bevor Sie mit Kunst umgehen können. Bevor Sie mit einer Künstlerin umgehen können. Sie dürfen ja noch gar nicht an die Kunst rühren! Sie müssen erst noch viel, viel lernen. Kommerz. Ja. Ihre Sache. Klar. Von Anfang an. Der Handel. Klar. Aber der Wandel! Kunst lebt nicht nur vom Handel, sondern auch vom Wandel, Sie Händler, Sie. Ich habe heute ein Bild gekauft. Die Künstlerin will es mir erklären. Und zwar heute noch. Ein kompliziertes Bild. Ein Bild mit Niveau. Verstehen Sie. Und da kommen Sie mit dem Mantel! Weil Sie nicht soviel Ahnung haben vom Wandel!«
Bleichertz gestikulierte jetzt wie ein Bühnenredner, der nicht zum Ende kommen kann, weil er seine Rede so gut findet. »Handel UND Wandel, Sander, das erst macht Kultur. Also weg mit dem Mantel, Mensch!«
Ragna, die von der Weinfahne des Journalisten weg wollte, sprang auf und imitierte Bleichertz' Tonfall: »Her mit dem Mantel, Mensch! Lieber Bastian Bleichertz, auf morgen. Heute der Handel, morgen der Wandel, jetzt der Mantel. Morgen

kommt Ihr Anruf, wir machen Termin, ich zu Ihnen raus, das Kunstgespräch findet statt. Aber nicht hier in der Bar, Basti. Kunst nie in der Bar! Glauben Sie einer Künstlerin.«
Bleichertz beugte sich vor und stützte sich auf seine Hände. Er konnte in dieser Haltung sichtbar nicht lange verbleiben, er lallte schwankend: »Jetzt oder nie, Ragna.«
Valentin verstand sich selbst nicht, warum er dem Koloß immer noch zuschaute. Warum er immer noch versuchte, zu lächeln. Er zog Ragna aus den Fängen des Journalisten, legte ihr den Mantel um und sagte dabei zu Bleichertz: »Wenn jetzt oder nie, dann bin ich für nie. Kommen Sie, Ragna. Und Sie, Frohwein, bleiben mir mit Ihrer Kamera vom Leib. Schluß jetzt mit dem Schwachsinn.«
Bleichertz hatte sich zurückplumpsen lassen in seinem Sitz. »Ganz schön brutal«, sagte er zu Ragna mit Vorwurf gegen sie und Valentin, »ganz schön brutal, wie der mit Ihnen umgeht, der, der...«
Valentin drehte sich mit Ragna am Arm noch einmal um: »Der... was?«
Bleichertz schwieg, kippte verachtungsvoll seinen Drink, und Ragna führte seinen Satz zu Ende: »Der Zigeuner, sagen Sie es doch, Bleichertz. Das ist doch das Schöne an ihm. Wo ich doch so auf Zigeuner stehe...«
Selbstsicher griff Ragna nach Valentin, zog seinen Kopf zu sich her. Mein Gott, wie hatte er sich das gewünscht. Doch jetzt, verdammt, sie ist geschmacklos. Er schob Ragna brüsk weg, beugte sich über den Glastisch zu Bleichertz, dessen heller Eierkopf für Sekunden etwas wie Schrecken zeigte, als Valentin ihn am Jackettrevers packte.
»Bleichertz, Sie sind mein Lieferant gewesen. Frohwein, notieren Sie das.«
Im Hinausgehen fügte er hinzu, ohne Ragna anzusehen: »Ragna, falls Sie hierbleiben wollen, bitte.«
Bleichertz, der sich den kurzen Schrecken nicht verzieh, lachte schrill hinter Valentin her. »Als ob mir das was ausmachte. Das

ist doch ein Fliegenschiß. Ihre ganzen Bestellungen, Herr Sander, ein Fliegenschiß. Mehr nicht. Und – bevor Sie nachher der Dame aus dem Mantel helfen, schauen Sie nach, ob nicht einer Ihrer Söhne im Schrank steckt...«
Dafür hätte Valentin Bleichertz gern über den Glastisch gezogen.
Aber daß Ragna dem Bleichertz das Stichwort geliefert hatte, wog schwerer. Wußte sie nicht, daß sie ihm schadete, wenn sie seine Herkunft in einer Bar zum besten gab? War sie naiv oder gemein? Oder ganz etwas anderes?
Im Hinausgehen sah Valentin, daß Ragna mitkam. Ihm war es gleichgültig. Yanko. Er würde rausfahren zu ihm nach Harburg. Vielleicht gehörte er ja wirklich da hin.
Ragna hängte sich bei ihm ein. Er wollte das lästig finden, ihre Hand von seinem Arm herunternehmen. Doch er konnte nicht. Ragna schien auch keine Reaktion zu erwarten. Mühelos hielt sie sein Schrittempo, ein harmonisches Schreiten war da, doch Valentin hatte bereits in der Bar alle Sehnsüchte abgewürgt. Er hätte genausogut mit einer seiner Schaufensterpuppen zum Auto eilen können. Er schloß nicht die Beifahrertür zuerst auf, half ihr nicht in den Sitz, wie er es sonst getan hatte. Doch all seine Ablehnungsgesten begannen ihm wehzutun. Ragna schwieg immer noch, schaute ihn aber unverwandt an, als wisse sie genau, daß sie damit alles Trennende wegschwieg.
Valentin hielt vor ihrem Haus und schaute auf die Uhr. Es war zwei. Ein früher Morgen, ein Tag, den Valentin gar nicht anfangen möchte.
Hatte Ragna etwas gesagt? Er schaute sie an, konzentrierte sich auf das Grübchen an ihrem Kinn. Das war das Harmloseste an Ragna, schien ihm, alles andere war Risiko.
»Alles nur meinetwegen«, sagte Ragna. »Ich bringe Ihnen kein Glück, Valentin.«
Als wolle sie das jetzt sofort widerlegen, stemmte sich Ragna aus dem Sitz, drängte herüber und küßte ihn. Als sie offen-

bar keinerlei weitere Entfaltungsmöglichkeiten mehr sah, sagte sie: »Komm.«
Sie gingen in dem Altbau viele Stufen hinauf, Valentin hinter Ragna, er sah die hellen Beine in den roten Slippers, sie rannte, kein Wunder, sie war diese Treppen gewohnt, aber warum rannte sie denn gar so rasch, vielleicht wollte sie wegrennen, bevor sie es sich anders überlegte, oder bevor Valentin es sich anders überlegte. Da drehte sie sich um, lachte verschwörerisch: »Von Kunst verstehst du nichts.«
»Ich weiß, was mir gefällt.«
»Ich?«
»Ja.«
»Das genügt. Für heute. Für heute!!«
Ragna blieb stehen, ließ sich auf Valentin fallen, er spürte ihre Zähne und hoffte küssend, daß sie nicht all diese Treppenstufen wieder hinunterfallen würden. Und diesmal sagte er: »Komm.«
Noch ein paar Stufen, da war die Wohnungstür, und mit einemmal der Gedanke an Frohwein. Verdammt, ohne Frohwein wäre er nicht hier. Wieso hat ausgerechnet der...
Valentin blieb vor der Tür stehen, Ragna war schon im Zimmer, wartend. »Eine Frage. Das hätte ich viel früher fragen sollen. Bin ich naiv? Aber das frage ich nicht Sie... nicht dich. Herr Frohwein hat dich zu mir gebracht. Alles geht auf Frohwein zurück. Woher kennst du ihn?«
War Ragna verärgert, zerstreut, verunsichert? Würde er je diese plötzlich verschatteten Augen deuten können?
Mit einer müden Geste wandte Ragna sich ab, zuckte mit den Schultern. »Kunstverein, Segelpartie? Was weiß ich. Irgendwoher.«
»Hast du was mit ihm?«
»Nicht daß ich wüßte.«
»Er mit dir?«
»Das fängt ja gut an, Herr Sander.«
Ragna hatte sich in einen Sessel fallenlassen. Sie schlug die

Beine übereinander, sah Valentin an, klar zu einem Gefecht, dessen Ausgang sie zu kennen schien. Valentin hatte ihre Herausforderung ja schon lange angenommen, vor Wochen schon. An dem Tag, als er sie sah, wußte er, daß es einen Kampf geben würde. Er war Ragnas Gegner, natürlich. Aber er war nicht ihr Feind, er zeigte sich ungeschützt. Er wollte, daß die Barrieren zwischen ihnen fielen, er wollte ihr vertrauen. Wem sonst, wenn nicht ihr?

Valentin stemmte seine Arme auf die Sessellehne, versuchte Ragna zu küssen, doch sie wandte rasch den Kopf ab.

»Eine Frage noch, Ragna, dann keine mehr. Dann warte ich, daß du mir sagst, was du mir sagen willst. Aber diese eine Frage noch, Ragna, darf ich?«

Ragna legte den Kopf in den Nacken und sagte, als ginge sie das alles gar nichts an: »Auf dein Risiko. Vielleicht verdirbst du alles. Diese Nacht. Unser Leben.«

Unser Leben. Wenn sie das wirklich meinte, wenn sie nicht nur theatralisch war, dann konnte sie sich doch über seine Fragen kaum mokieren.

»Woher kennst du meinen Sohn Georg?«

»Ach du liebe Zeit. Aus so Lokalen.«

»Und wie...«

Als hätte er gewußt, daß Ragna aus dem Sessel springen würde, hielt Valentin sie fest, drängte sie sanft wieder hinein in den Sessel, doch Ragna stemmte sich wieder hoch.

»Also, entweder hau ich ab oder du.«

»Bleib.«

»Ich laß mich nicht verhören.«

Valentin beugte sich zu ihr, strich ihr die Haare aus der Stirn, so daß er ihr Gesicht ganz unverbrämt vor sich hatte.

»Ich frage nichts mehr. Von jetzt an sag ich nur noch, wie schön du bist.«

War Ragna abwesend? Woran dachte sie? Sie schaute Valentin nicht an, lächelte aber freundlich.

»Du hättest sagen sollen:

In deines Angesichtes Dienst
besiegt die Welt der Gott
mit Blumenwaffen.«

Valentin verstand nicht, was sie meinte. Und sie wußte, daß er es nicht verstand. Deshalb hatte sie es ja gesagt.

»Ragna, komm, was soll das jetzt.«

»Titi Steinberger. Der Künstlername deines Sohnes. Aber lassen wir das. Ich bin entsetzlich müde. Gute Nacht. Du schläfst hier.«

Ragna war aufgestanden, hinübergegangen in ihr Atelier. Ein Raum, in dem es im Gegensatz zum Wohnzimmer geradezu penibel aussah. Staffeleien, Leinwand in Rollen, Farbtuben, Pinsel, Schnitzmesser, Büsten, Skulpturen. Valentin nahm es nicht so genau wahr, es interessierte ihn momentan weniger als das Sofa, das an der Stirnwand des Zimmers stand und höhnisch aussah. Hierin wollte Ragna ihn also zwangsverschicken. Er ging Ragna hinterher. Sie stand an einer Kommode, legte ihren Schmuck ab, als wäre sie allein. Hatte es das Drängen, die Küsse im Auto nicht gegeben? War die Umarmung auf der Treppe ein Traum? Am Ende ein Alptraum? Wer hatte gepatzt? Valentin kam sich vor wie ein Idiot, doch er half Ragna, ihre breiten Armbänder abzustreifen, die Ohrringe vorsichtig vom Ohr zu lösen. Aber Ragna wollte seine Hilfe nicht. Er spürte, wie sie sich versteifte, wie sie die Hände ballte.

»Spiel nicht Katz und Maus mit mir, Ragna.«

»Ich spiele? Doch wohl eher du? Ein Rührstück. Wilder Zigeuner liebt verkommene Gadschi.«

»Hör auf, Ragna. Ich bin kein Zigeuner... Hör auf, ich hab genug...«

Valentin wollte nirgends anders mehr hin. Als er sich auf dem überraschend bequemen Sofa ausstreckte, versuchte er, die morgigen Termine durchzugehen. Mein Gott, und er hatte Regina Stoll für halb neun ins Büro bestellt, obwohl er genau wußte, daß es keinen Sinn hatte. Wenn er sich auch noch so gut auf Geschäftspartner vorbereitete, Frohwein war der Geschick-

tere, er konnte Valentins umständliche Ausführungen zusammenfassen in einem Satz. Es war jedesmal dasselbe. Valentin mußte den schnellen Jungs das Feld überlassen. Wenn er ehrlich war, langweilte er sich häufig bei diesen Besprechungen, wo einer den anderen zu überbieten suchte in üppigen Formulierungen: *Weg vom Reagieren und Trend-Nachlaufen. Neue Emotionen erzeugen. Emotional leadership, das ist es. Wertewandel.* Davon redete ja auch der Bleichertz ständig. *Wachsende Differenzierung der menschlichen Sehnsüchte. Corporate Identity. Dressed to win. A fair wear. Beat the price…*
War er eingeschlafen? Valentin hörte Schritte, sah undeutlich Ragna, wie sie eine Glaskaraffe vom Tisch nahm, ein Glas, eine geöffnete Zigarettenschachtel. Ragna war nackt, so selbstverständlich, als könnte man gar nicht anders herumlaufen. Sie schaute kurz zu Valentin hin. »Komm.«

Kapitel IV

Regina Stoll hatte auf ihren Chef gewartet, obwohl sie es besser wußte. Sie hatte Karin Sander, die anrief und nach ihrem Mann fragte, belogen. »Ich weiß es leider nicht mehr genau, Frau Sander, Sie verstehen, gestern in dem Trubel, aber Ihr Mann hat mir noch etwas von einem Termin nachgerufen, das weiß ich sicher.« Karin Sander hatte aufgelegt. Sie mochte sich die Lüge wohl nicht anhören. Frohwein hatte auch abgewinkt, als Regina Stoll auf seine Frage nach Valentin zu Erklärungen ansetzte.

Als Valentin dann endlich kam, war es schon zehn Uhr vorbei. Nicht einmal rasiert hatte er sich. Das müßte mal passieren, dachte Regina Stoll, daß er meinetwegen unrasiert ins Büro stürzt. Laut sagte sie: »Endlich, Herr Sander. Wie geht es Ihnen? Ihr Auto...«

»Ist weg.«

»Ist da.«

»Wo?«

»Hier. Vor der Betriebseinfahrt stand es. Wir mußten es von einer Abschleppfirma aufladen und in den Hof fahren lassen. Wir dachten, Sie hätten es da abgestellt.«

Valentin war zunächst nur einmal erleichtert. Wenigstens das Auto war da. Nur – warum trauten die ihm zu, daß er es vor die Einfahrt stellen würde? Hielten sie ihn jetzt schon für schwachsinnig?

»Ich soll das Auto da hingestellt haben? Ich selber...«

»Na ja, der Alkohol oder so.«

»Man hat es mir gestohlen.«

»Und so schnell zurückgegeben?«

Valentin spürte, daß Frau Stoll irritiert war. Sonst würde sie nicht so im Stenogrammstil mit ihm reden. Valentin mochte sie nicht ansehen. Ihm war klar, daß sie alles wußte und nichts billigte. Kaffee hatte sie auch noch nicht gekocht. Er fragte sie, warum nicht. »Den haben sich die anderen schon längst geholt, Herr Sander. Ich warte ja seit acht Uhr auf Sie.«

Acht Uhr. Natürlich. Da war er noch ganz woanders gewesen. O Gott, daran durfte er gar nicht denken. Unüberlegt sagte er deshalb, daß er sie doch erst um halb neun bestellt habe. »Na und jetzt, wie spät ist es jetzt?«

Frau Stoll fragte Valentin wie der Nikolaus das böse Kind. Und folgsam beantwortete Valentin ihre Frage. »Es ist zehn Uhr, entschuldigen Sie bitte.«

Regina Stoll hätte ihn am liebsten gestreichelt. »Wenn ich Ihnen bloß einmal etwas übelnehmen könnte. An Ihrem Auto...«

Es klopfte energisch. Frohwein kam herein, seine dünnen Haarsträhnen hingen ihm ins Gesicht. Er blieb in der Tür stehen, sah Valentin an, als wollte er ihn aus dem Zimmer heraussaugen. Valentin ging voraus ins Chefzimmer. Er wußte genau, was jetzt kam. Seit Jahren wartete Frohwein darauf, Valentin Fehler nachweisen zu können. Obwohl Valentin Frohwein den Rükken zuwandte und aus dem Fenster sah, Richtung Harburg, Richtung Yanko, spürte er hinter sich Frohwein, dessen Stimme jetzt fast heiser war in dem Bemühen, nicht zu schreien.

»So schnell kriegen wir keinen Lieferanten zu solchen Bedingungen. Herr Sander, ich bitte Sie. Nacht ist Nacht und Tag ist Tag und Geschäft ist Geschäft. Ihr Temperament in Ehren, aber wenn Sie hier ein Kaufhaus führen wollen, können Sie sich dieses Temperament nicht leisten. Bitte, nehmen Sie es mir nicht übel, daß ich ehrlich bin. Unsere Hausbank wird allmählich nervös. Wenn das Weihnachtsgeschäft nicht so einschlägt, sind wir im Januar sowieso erledigt. Wenn die Transbank uns fallen läßt, fängt uns niemand mehr auf. Ich sage Ihnen das schon seit Wochen. Aber Sie ziehen es ja vor, zum Fenster hinauszuschauen.«

Valentin drehte sich nicht um. »Ich begreife es nicht, Frohwein, wir machen immer mehr Umsatz. Und stehen immer schlechter da.«
Mein Gott, was verstehst denn du schon davon, schien Frohweins Stimme auszudrücken, als er antwortete: »Eben, eben! Wir kaufen immer schlechter ein. Deshalb dürfen wir Bleichertz nicht vergraulen.«
Bleichertz. Valentin wurde übel. Der Bleichertz war heute wieder nüchtern. Vielleicht hatte er den gestrigen Abend vergessen, versoffen, ertränkt. Doch heute würde er sich wieder aufraffen, an Ragna heranmachen mit seinem Kunstgesülze. »Ich hasse ihn«, sagte Valentin durch die Fensterscheibe, »ich hasse ihn samt seinem Shampoo. Seinen Essenzen. Seiner Glatzköpfigkeit. Seiner Rotbärtigkeit...«
Valentin fand seine Haßtirade selber blödsinnig, aber er mußte heraus damit. Und Frohwein sah auch sofort seine Chance, Valentin zu erpressen. »Auch rassistische Ausfälle bringen uns nicht weiter. Ich nehme zur Kenntnis, daß wir mit Bleichertz nicht brechen... Ich danke Ihnen...« Frohwein verbeugte sich ganz leicht und ging.
Valentin war fassungslos über Frohweins Unverschämtheit. Doch er hatte jetzt keine Zeit, Frohwein seinerseits fertigzumachen. Er hatte anderes im Kopf. Ragna. O Ragna.
Als er gehen mußte, hatte Ragna noch fest geschlafen. Sie war auch nicht erwacht, als Valentin ihren Rücken geküßt hatte, gar nicht damit aufhören konnte. Im Dunklen hatte er schließlich seine Sachen zusammengesucht und war gegangen. Er hatte einen Druck in der Kehle gehabt, weil er nicht hinausschreien wollte, was passiert war. Dabei hätte er sich wie ein Kind ins Gras wühlen mögen und schreien und schluchzen und zittern.
Er wählte ihre Nummer.
»Ragna? Ach Ragna... warum kann ich nicht mit dir auf einer Wiese liegen und in den Himmel schauen. Wir könnten irgendwohin fliegen, wo es wärmer ist...«

Es klopfte an die Tür.
Frau Stoll kündigte an, daß Frohwein ihn noch mal sprechen wolle. Valentin beendete das Telefongespräch: »Bis gleich, Liebes. Warte auf mich, bitte. Mit gar allem, ja?«
Er ließ Frohwein gar nicht erst zu Wort kommen. »Gut, daß Sie da sind. Ich wollte Sie die ganze Zeit schon fragen, woher Sie eigentlich Ragna Juhl kennen.«
»Von einer Segelpartie. Vor zwei Jahren. Von Mallorca nach Ibiza.«
»Ach ja«, sagte Valentin, »Sie sind ja ein großer Segler.«
»Filmer, mit Verlaub. Ich segle nur, um zu filmen. Ich tu alles nur, um zu filmen, Herr Sander... Ja, warum ich noch einmal komme, von mir aus können wir Bleichertz auch fallen lassen. Als Lieferant.«
Valentin wollte Ragna wieder anrufen, Frohwein loswerden. Er verstand die Nachgiebigkeit seines Prokuristen ohnehin nicht. Er wollte auch jetzt nicht darüber nachdenken und erklärte Frohwein, daß er sich die Sache mit Bleichertz überlegen werde. »Ich denke noch mal darüber nach. Danke.«
Frohwein stand etwas eckig da, als wüßte er nicht, wie er seinen unfähigen Chef denn doch noch zur Raison bringen könnte. »Es ist schließlich Ihr Kaufhaus.«
»Jetzt spielen Sie doch nicht den Beleidigten, Frohwein. Wenn Sie wollen, entschuldige ich mich bei Bleichertz. Kniefällig.«
»Tun Sie, was Sie wollen. Adieu.«
Frohwein ging. Doch er ließ die Tür offen, wahrscheinlich wartete er darauf, daß Valentin ihn zurückriefe, doch der wählte schon wieder Ragnas Nummer. Diesmal ging sein Ruf ins Leere, Ragna war nicht mehr daheim.
Frau Stoll konnte jetzt endlich Valentin berichten, was mit seinem Auto los war. Als es in der Einfahrt gestanden hatte, hing ein Zettel dran. Valentin las den Zettel.

DIES AUTO HAT HIER NICHTS ZU SUCHEN!!!
TITI !!!

Alles mit roter Farbe geschrieben. Georgs Schrift. Frau Stoll sagte, daß sie deshalb auch den Zettel sofort an sich genommen habe. Sie sei ja glücklicherweise als erste dagewesen. Danke, sagte Valentin.

Kapitel V

Valentin Sander packte. Holte aus dem Ankleidezimmer Anzüge, Hemden, Krawatten, Socken. Alles ordentlich in den Schränken sortiert. Exakt. Wie beim Herrenausstatter. Dafür sorgte Martha Goldschuh. Goldschühchen. Sie trug bei der Arbeit immer noch steifgestärkte weiße Schürzen, wie vor vierzig Jahren. Auf Valentins Bitte hatte sie drei Koffer bereitgestellt. Wortlos. Ohne Valentin anzuschauen, war sie gegangen und ließ sich nicht mehr sehen. Valentins weißgestärktes, gepflegtes Leben. Das schöne alte Haus. Paneele. Geschnitzte Deckenbalken, Parkett in allen Honigtönen. Wer in die Villa Sander kam, auf den dicken Teppichen ging, die alten Stiche und Porträts an den Wänden sah, die chinesischen Vasen und japanischen Fresken, der wurde, je nach Herkommen, befangen oder heimisch. Valentin schien es heute, als sei ihm alles nur geliehen worden, als seien die Bande und Fäden, die ihn hier eingebunden hatten, ganz leise und sanft zerrissen. Er gehörte nicht mehr hierher. Anders Karin. Sie war aus dem Haus ihres Vaters, Konsul Feddersen, lediglich hinübergewechselt ins Sandersche Haus. Sie und Goldschühchen bewahrten den Glanz auf den alten Möbeln, verteilten Blumen, zählten Silber und Kristall. Moritz war hier daheim, er war sogar in der Villa zur Welt gekommen, innerhalb weniger Minuten, ohne Vorwarnung. Doch auch Georg, äußerlich dem Vater gleichend, schon lange auf dem Weg zum Zigeuner, auch Georg liebte das Haus, liebte Goldschühchen. Vor allem jedoch liebte er Karin. So verschieden Moritz und Georg auch waren, so wenig sie einander an Reibungsfläche boten oder gar gemeinsam agierten – sie verehrten ihre Mutter unabdingbar und ließen den Vater spüren, daß er für ihr fortschreitendes Insichselbstverstricktsein verantwortlich war. Vor allem Moritz fühlte sich im Namen seiner

Mutter so verletzt, daß er sich dem Vater immer mehr entfremdete.
Dieser Zigeuner, so nannte er seinen Vater bei sich, dieser Zigeuner wird uns noch alle ruinieren.
Daß sein Vater Zigeuner war, hatte Moritz erst spät erfahren. Sechzehn Jahre alt war er damals. Er hatte beobachtet, wie Yanko den Vater abholte, wie beide in Valentins Wagen stiegen. Der äußere Gegensatz zwischen den beiden Männern und ihre Ähnlichkeit hatten Moritz aufmerksam gemacht. Er hatte die Mutter gerufen. Doch da war der Wagen schon abgefahren. Trotzdem wußte Karin sofort, wer der Mann war. Und sie hatte es Moritz erzählt. Er hatte sich in sein Zimmer eingeschlossen. Hatte auch nicht geantwortet, als Karin ihn bat, sie einzulassen. *Sie* war bloß mit einem Zigeuner verheiratet. *Er* jedoch, er war *blutsverwandt*, er war kein Hanseat, kein Sander-Feddersen. Darauf war er stolz gewesen, auch darauf, daß er dem Bruder seiner Mutter ähnlich sah. Manche meinten sogar, er habe viel vom alten Sander. Und nun das. Schöne Bescherung. Zigeuner. Moritz hatte Mitschüler, die auch nicht von hier waren. Dimitrios, dessen Vater an der griechischen Botschaft arbeitete. Oder Angus, der eine schottische Mutter hatte. Julies Mutter kam aus Frankreich. Alles in Ordnung. Aber Zigeuner? Teppichverkäufer, Scherenschleifer oder was? Und wenn sie noch so große Mercedes' fuhren – wer wollte mit denen etwas zu tun haben? Und nun war er verwandt mit so einer Sippe – Mein Gott, wer wußte das eigentlich? Wußten es alle?
Moritz hatte dann lange Zeit Menschen danach eingeteilt: Konnte der etwas wissen oder nicht? Seine Lehrer wußten nichts, das schien ihm klar zu sein. In der Elften hatten sie sich in Musik lange mit Zigeunerkunst beschäftigt. Béla Bartóks musikethnologische Feldforschungen waren die Grundlage gewesen. Bartók hatte herausgefunden, daß es keine andere ethnische Gruppe gab, die sich so leicht und präzise dem musikalischen Geschmack des Volkes anpaßte, in dessen Gebiet sie sich gerade aufhielt. Moritz hatte sogar Zigeunertonleitern schrei-

ben können. Und er war sicher – wenn einer in der Klasse etwas über seine Zigeunerabstammung gewußt hätte –, spätestens da wären Bemerkungen gefallen. Waren aber nicht. Und heute, an der Universität, interessierte sich niemand für Abstammungen. Dafür war das Zigeunergespenst in die Villa Sander eingezogen. Sein Vater ließ neuerdings Bücher über Zigeuner herumliegen. Und Georg las sie natürlich auch. Der Spinner. Sintigitarrist. Bei dem waren die Zigeuner voll durchgeschlagen. Das war ja sogar dem Vater zuviel. Der wollte sein Zigeunertum wohl nur für sich, klammheimlich und in ganz kleinen Dosen. Daß der Georg so voll darauf abfuhr, das war dem Vater genauso unangenehm wie allen anderen Sanders auch.

Moritz hätte gern gewußt, wie Karin darüber dachte, daß Valentin Zigeuner war. Sie sprach niemals darüber. So offen sie mit ihren Söhnen auch war, beim Vater war eine Barriere. Über Valentin sprach sie selten, in letzter Zeit überhaupt nicht mehr. Moritz hatte niemals geglaubt, daß in der Ehe seiner Eltern etwas nicht stimmen könne. Wenn er bei Schulkollegen hörte, daß deren Eltern sich scheiden ließen, war er froh in der Gewißheit, daß seine Eltern gut zusammenlebten. Er hatte ja kein anderes Modell als sie. Und da sie leise und höflich miteinander umgingen, bei Tisch liebevoll und interessiert mit den Kindern sprachen, hatte Moritz nie Argwohn. Um so mehr fühlte er sich verraten, als ihm allmählich offenbar wurde, daß gar nichts gut lief zu Hause. Daß seine Mutter immer stiller wurde und immer dünner. Daß sie immer mehr Stunden bei der Kosmetikerin zubrachte und beim Friseur. Daß sie oft erschrak, wenn sie sich im Spiegel sah. Für Moritz war klar, daß nur sein Vater an dieser Entwicklung schuld war. Und Ragna Juhl. Wenn er noch irgendwelche Zweifel gehabt hatte, so waren sie bei der Vernissage verflogen. Moritz spürte, daß etwas geschehen würde. Er hatte gehört, wie sein Vater Goldschühchen um die Koffer bat. Da wußte er, daß sein Vater weggehen, die Familie verlassen würde, um zu dieser, dieser… Er, Moritz, wollte heute dableiben, bei Karin bleiben. Sein Vater sollte also packen. Aber er sollte es vor Zeugen tun. Und Georg sollte auch dabeisein, sie alle wollten Zeuge sein.

Karin kam aus ihrem Zimmer. Sie ist hübsch, dachte Moritz, sie ist doch so hübsch. Er war schon als kleiner Junge stolz auf sie gewesen. Wenn sie ihn in die Schule gefahren hatte, wenn Feste der Schule gefeiert wurden, immer war Karin die Schönste gewesen. Seine Mutter. Moritz hatte gespürt, daß Karin beachtet und geachtet wurde. Der Direktor eilte auf sie zu. Liebe gnädige Frau. Die Lehrer begrüßten sie, denn Karin nahm Anteil, war präsent in der Schule. Erkämpfte für den oft kränklichen Georg einen Bonus, damit er die Klasse bestand. Karin arbeitete im Elternbeirat, sie sicherte das Ansehen ihrer Söhne. Moritz' und Georgs Kindheit schien ganz Karin zu gehören.
Valentin? Hatte er sich rausgehalten? Hatte die Entfremdung erst mit Ragna angefangen? Hatte er sich durch Ragna erst endgültig von den Fäden gelöst?
Moritz konnte ja nicht wissen, daß sich sein Vater immer nur als Gast gefühlt hatte im Sanderschen Haus. Auch Georg konnte das nicht wissen. Ihm schien es nichts auszumachen, daß er am Harvestehuder Weg daheim war und in Harburg. Er zeigte sich ungeniert überall mit seinen Sintifreunden Hojok und Holzmanno. Georgs Abitur stand zwar auf wackligen Füßen, doch seine Beliebtheit in der Klasse war ungebrochen. Er dachte auch nicht daran, fürs Abitur zu büffeln. Wenn gelegentlich einer der Lehrer, der sich noch an Moritz erinnerte, ihm das Einser-Abitur des Bruders vorhielt, grinste er nur. Georg langweilte sich von Herzen in dem Verein, wie er die Schule nannte. Er langweilte sich und machte daraus keinen Hehl. Die Lehrer konnten in Georg nur noch den fehlgeleiteten Sproß aus gutem Hause sehen.
Seit Georg Ragna kannte, ging er ohnehin nur noch gelegentlich in die Schule. Er konnte ja doch an nichts anderes mehr denken als an Ragna. Er hatte Gedichte geschrieben für sie, und

er las Liebesgedichte, wo immer er welche fand. *Liebe gibt nichts als sich selbst und nimmt nichts als sich selbst. Liebe besitzt nicht, noch läßt sie sich besitzen. Denn die Liebe genügt der Liebe.* Das hatte Khalil Gibran geschrieben, und Georg wünschte sich *zu schmelzen und wie ein plätschernder Bach zu sein, der seine Melodie der Nacht singt.* Er wünschte sich *den Schmerz allzu vieler Zärtlichkeit zu kennen.* Manchmal, wenn er nachts erwachte, wünschte er sich, daß Ragna neben ihm läge. Die Haare wirr vom Schlaf, den trotzigen Mund weich und halboffen, für ihn. Manchmal wünschte Georg sich das so stark, daß er weinte. Ragna hatte ihm ein Foto geschenkt. Sie stand in ihrem Atelier, in einem trägerlosen roten Kleid lehnte sie an der Wand, in der Hand ein gefülltes Glas. Ragna sah niemanden an, abwesend stand sie da, in sich versunken. Georg wußte, daß sie ihm nicht gehörte. Aber da waren ihr Lachen und manchmal schnelle Küsse, freundschaftlich flüchtig, jederzeit widerrufbar. Für ihn war es der Anfang. Irgendwann würde er in ihre offenen Lippen hinein sagen, wie sehr er sie liebte. Irgendwann.

Als Ragna zum erstenmal mit Valentin ausging, begriff Georg das nicht. Er würde Ragna fragen, er mußte sie fragen, dabei hatte er doch längst begriffen, daß Ragna nicht zu befragen war, daß sie niemals jemandem Rechenschaft gab. So blieb er allein mit der Angst und der Kälte. Aber auch mit der Hoffnung. Er konnte sich nicht vorstellen, daß Ragna und sein Vater... Das wollte er sich nicht vorstellen.

Ragna veränderte sich gegenüber Georg nicht. Georg durfte in ihr Atelier, er durfte ihr sogar bei der Arbeit zuschaun. Eine Nähe, die sie von niemandem sonst ertrug. Sie lehnte sich auch manchmal eng an Georg, legte ihren Kopf an seine Schulter, so daß er eine Wärme in sich spürte, ein Gefühl, das er noch nie empfunden hatte. Nie konnte er seine Scheu durchbrechen. Als wisse er, daß Ragna ihn eben deshalb an ihrer Seite duldete. Er war ein Junge, sensibel, mit guten Manieren. Ein Künstler, einer, der jede ihrer Launen verstand, noch ehe

Ragna sie hatte. Er war hübsch und weich, sie konnte ihn ausschelten und loben und liebkosen, er betete sie dafür an. Georg war sicher, erst seit er Ragna liebte, wußte er, wie der Frühling roch, wie Wolkenzüge den Himmel zur Oper machten, in der er laut mitsang, wenn er Ragnas Wohnung verließ. Ohne sie war er ein Nichts, eine Figur, die demnächst das Abitur schmeißen würde. Doch mit ihr, mit Ragna würde er beginnen, arbeiten, komponieren, das Titi-Steinberger-Quintett berühmt machen wie das seines Vorfahren Django Reinhardt. Oder wie Schnuckenack Reinhardt, Spatzo Weiss und Holzmanno Winterstein, Prinzo Winterstein, Hojok Merstein. Sie alle waren große Solo-Gitarristen oder Kontrabassisten. Georg Sander war Titi. Titi Steinberger. Und er wollte so stark werden wie seine Vorfahren. Mit Ragna, bei Ragna. In ihrer Nähe glaubte er an Titi Steinberger.

Georg lehnte an der Tür im Ankleidezimmer seines Vaters. Er hatte seinen Walkman und die Kopfhörer auf, hörte das Cellokonzert von Schumann mit Jacqueline du Pré – doch es beruhigte nicht seine jagende Angst. Der Vater packte, hängte Fotos von der Wand, legte sie zwischen die Wäsche. Was war passiert? Georg mußte sich das nicht fragen. Es würgte ihn. Am liebsten hätte er seinen Kopf gegen die Wand geschlagen. Die Mutter blieb so stumm wie er, schaute nur auf die Fotos, die der Vater einpackte. Fotos, die Moritz und Georg zeigten, den Großvater, Die Tante. Das Foto von Karin und Valentin, das Hochzeitsfoto, beide im Profil, auf dem Karin im Schleier von Spitzentüll ernst und schön und streng aussah, dies Foto ließ Valentin hängen. Als er auch den dritten Koffer schloß und das Bild immer noch an der Wand hing, nahm Karin es herunter. Sie schaute Valentin an und warf das Bild heftig in den Papierkorb, wo es zerbrach.
Moritz nahm Karin bei den Schultern, schrie Valentin an: »Du spinnst doch. Haust hier ab, nur wegen dieser...«
Valentin stellte den Koffer ab. »Vorsicht, Moritz, ja...« Doch

Moritz schrie, daß Ragna eine Hure sei, ein Wanderpokal. »Jeder kriegt sie. Wenn er sie will. Jeder.«
Valentin blieb nichts übrig, als zu gehen. Moritz schrie ihm nach, daß er ihm viel Spaß wünsche. Als Valentin sich umsah, begegnete er Georgs Blick. Er ging so rasch hinaus, wie die schweren Koffer es ihm erlaubten.

Kapitel VI

Valentin war froh, in seinem Büro zu sein. Dies war von all seinen unsicheren, angemaßten Behausungen im Moment noch die vertrauteste.

Es war ihm, als habe er nur noch Kraft für heute. Und auch nur noch heute die Möglichkeit, in diesem Büro zu sitzen und den Chef zu spielen. Er simulierte nun schon zu lange Valentin Sander. Sahen ihn nicht alle vorwurfsvoll an, tuschelten nicht schon die Verkäuferinnen, wenn er durch sein Kaufhaus ging? Sein Kaufhaus. Frohwein wies ihm jeden Tag nach, daß er bald ausgespielt haben würde. Frohweins hohlwangiges Gesicht leuchtete förmlich vor Beflissenheit, Valentin über rote Zahlen zu informieren. Für heute morgen war bereits Herr Trieb angekündigt. Er hörte Frohwein schon draußen mit einem Mann reden, er hörte die Stimme von Regina Stoll. Gleich würden sie alle drei hereinkommen, die Ballade des Untergangs wird mehrstimmig gesungen. Wie er es satt hatte. Er konnte keine Kerle mit Aktenmappen mehr sehen. Dieser hier kam ja herein wie der reisende Henker im Western. Er lächelte zwar, das hatten sie alle drauf, die smarten Aktenjungs, aber dies Lächeln verriet ebenso wie der ganze Auftritt, die Gestik, die falsche Gelenkigkeit, daß er in seinem Aktenkoffer keine guten Nachrichten hatte für das Kaufhaus Sander. Wie er den Koffer öffnete. Vorsichtig, als hätte er eine Bombe drin, als würde er jetzt etwas Schreckliches offenbaren. Sollte er doch.

Herr Trieb sah Valentin schmerzlich an. »Lediglich eine Formsache, Herr Sander. Ich habe mit Herrn Frohwein alles unterschriftsfertig gemacht. Wir müssen einfach routinemäßig die Sicherheit für unsere Kreditgewährung prüfen. Gerade bei Geschäftsgebäuden unterliegt der Wert oft einem gewissen Wandel.«

Valentin Sander und Frohwein sahen sich an. Wandel. Das hatten sie doch schon mal gehört.
In Valentins Augen hinein sagte Frohwein, daß sie einfach die Sander-Villa dazugenommen hätten. »Dann haben wir wieder eine Zeitlang Ruhe an der Sicherheitsfront.«
Trieb stimmte fröhlich ein: »Und die Villa Sander erträgt gut und gern einige hunderttausend Mark.«
Die beiden reden. Valentin überflog die Papiere, ohne etwas zu lesen. Er hatte das Gefühl, als wäre Frohwein der Komplize dieses Bankmenschen. Warum hatte er sich auch nicht intensiver mit der Verwaltung beschäftigt? Warum hatte er die Finanzen Frohwein überlassen? Zur Not hätte er auch noch kapiert, wo das langging. Wie sie da saßen. Durchtrieben, verschlagen alle beide. Valentin konnte nicht ruhig sitzen, er stand auf, ging ans Fenster, hörte hinter sich Frohwein, der laut vor sich hin sinnierte: »Allerdings, jetzt vor Weihnachten, auf zweihundert Quadratmeter Möbelabteilung verzichten... wo wir sowieso kein Bild verkauft haben...«
Valentin wußte, das ging gegen Ragna. Deshalb fauchte er: »Ein Bild haben wir verkauft.«
Frohwein lachte. »An Bleichertz. Und dabei bleibt es.«
Valentin drehte sich um zu seinem Prokuristen. »Gut, dann lassen Sie die Bilder abhängen.« Frohwein dankte seinem Chef. Valentin wandte sich an Trieb: »Wir kaufen das Haus vis à vis. Es ist doch verkäuflich, Herr Trieb, oder?« Trieb schaute Valentin ungläubig an, sagte, daß niemand das Haus wolle.
»Wir wollen es«, sagte Valentin, obwohl er genau wußte, daß es idiotisch war. »Wir kaufen das Haus. Ins Parterre kommt eine Galerie.«
Frohwein und Trieb schauten einander an. Sie faßten sich und verabschiedeten sich korrekt von Valentin.
Autoritätsverlust, konstatierte Valentin. Sein Stiefvater hatte Autorität gehabt. Mühelos. Und er wollte Valentin davon abgeben. Immer nur das Erstklassige für den Sohn. Abitur. Betriebswirtschaftsstudium, Volontariat im Münchner Kaufhaus Beck.

Du sollst das beste Rüstzeug haben, Junge. Valentin war sich bewußt, daß er zu den Wohlhabenden gehörte, zu den Beneideten. Solange Friedrich Carl Sander lebte, war Yanko nicht wirklich an Valentin herangekommen. Valentin liebte den Stiefvater, er sonnte sich in dessen Stolz und Entzücken und mühte sich, das Bild zu erfüllen, das der Stiefvater sich von seinem Erben gemacht hatte. Es war ihm gelungen. Bis zum Tod von C. F. Sander war es ihm gelungen. Trotz Yanko.

Auch Karin hatte zu Valentins Bemühen gehört, ganz Hamburger Kaufmannssohn zu sein. Karin war die Schwester von Hans Feddersen, Valentins Schulfreund, um den Valentin immer geworben hatte. Feddersen war so hamburgisch, wie Valentin gerne gewesen wäre. Groß und blond sowieso, konnte er schon als Schuljunge schwimmen, rudern und segeln wie kaum ein anderer. Valentin konnte mithalten, aber ihm war das Wasser nicht zur zweiten Natur geworden. Was ihn uneingeschränkt mit Hans Feddersen verband, war ihrer beider Vorliebe für Pferde. Sie waren Mitglied in einem Reitclub im Alten Land und ritten, wenn nicht gerade Segelwetter war. Im Wirtschaftsgymnasium war Hans Feddersen Klassenprimus, während Valentin sich eher langweilte und unter der Bank auch schon mal Stefan Zweig las. Biographien. Auch wenn Hans und Valentin noch soviel Zeit miteinander verbrachten –, eine Art Fremdheit schien doch zwischen ihnen zu verbleiben, zumindest spürte das Valentin Sander so. Einmal, als sie ausritten, war Hans mit den anderen vor Valentin an einem Gehölz entlanggetrabt. Es war Herbst gewesen, das Laub der Blätter paßte zu den Farben der Rösser, Sonnenlicht ließ den weichen Waldboden, das Fell der Tiere, die Kappen und Stiefel der Reiter aufleuchten und machte die Gruppe vor Valentin zu etwas opernhaft Feierlichem. Valentin wußte, daß er dazugehörte, daß niemand ihm seinen Platz, seine Stellung streitig machte. Er wußte, daß er in den Häusern von den Eltern seiner Freunde gerne gesehen war. Trotzdem fühlte er sich gerade jetzt wieder, wo ihm alles entsprach, auf eine ihm inzwischen schon geläufige Weise allein.

Er war nicht einmal traurig. Es war selbstverständlich, weil es wohl immer so gewesen war.
Hatte er sich mit Karin Feddersen verlobt, um den anderen noch näher zu kommen? Hatte er es getan, weil C. F. Sander diese Verbindung in einer für seine hanseatische Zurückhaltung geradezu hemmungslosen Weise förderte?
Bei aller Zuneigung, die C. F. Sander seinem Sohn entgegenbrachte, war es auch zwischen ihnen nur selten zu wirklicher Nähe gekommen. Doch als bei Valentins Abiturfeier Karin Feddersen wie selbstverständlich neben C. F. Sander, Valentin und Martha Goldschuh Hausfrauenpflichten übernahm, war C. F. Sander überrascht und erlöst. Redselig wie nie hängte er sich spätabends bei Valentin ein. Sprach mit ihm zum erstenmal über Valentins Stiefmutter, Valentina Georgii aus Bozen, die weder in Hamburg noch im Herzen C. F. Sanders heimisch geworden war. Eben darum, hatte sein Stiefvater zu Valentin gesagt, eben darum freue es ihn so ungemein, daß Valentin eine Hiesige gewählt habe. »Eine, die zu uns gehört. Die dieselben Wünsche und Bedürfnisse hat wie wir Sanders. Karin wird dir helfen. In allem. Was sich für eine Feddersen gehört, gehört sich auch für eine Sanders. So einfach ist das. Junge, ich kann dir gar nicht sagen, wie sehr ich mich freue.«
Und sein Freund Hans Feddersen umarmte Valentin nicht nur wegen des Genevers, den sie reichlich intus hatten. Hans wußte seit langem, daß seine Schwester Valentin Sander liebte. Auch wenn sie nie darüber sprach, hatte sie mit der leisen Zähigkeit, die anspruchslos wirkenden Menschen oft eigen ist, sich ihren Platz neben Valentin geschaffen, noch ehe der selbst das bemerkte. Schon in der Tanzstunde hatte sie es eingerichtet, Valentins Partnerin zu sein, was der aus reiner Höflichkeit und Bequemlichkeit auch annahm. Karin war beliebt, vor allem bei den jungen Mädchen und ihren Müttern. Karin Feddersen war hübsch, aber nicht unbedingt attraktiv. Vor allem weil sie selber sich nicht dafür hielt. Sie fiel auf durch Zurückhaltung, Karin hatte einen tadellosen Ruf, wurde überall eingela-

den und wußte es sanft und geschickt einzufädeln, daß Valentin als ihr zukünftiger Verlobter betrachtet wurde. In einer sympathisch verschämten Art konnte Karin das durchblicken lassen, so daß jeder gerührt war und Karins Wunsch nach Diskretion gerade so weit entsprach, daß Karin und Valentin schließlich überall in der Gesellschaft als heimlich verlobt galten und gemeinsam eingeladen wurden. Und Valentin nahm Karins anfangs kumpelhafte Fürsorge, später ihre scheuen Zärtlichkeiten überrascht und doch angenehm berührt hin. Er, der zwar wohlgebettet war, doch sich im Grunde heimatlos fühlte, ließ sich von Karin nicht ungern einnisten.

Bei einem Besuch in Ratzeburg, wo Karins Großeltern am See ein großes altes Haus besaßen, hatte Valentin zum erstenmal mit Karin geschlafen. Oder sie mit ihm. Jedenfalls hatten sie beide mit den Großeltern Feddersen zu Abend gegessen. Der Sennenhund Iwan und die rote Katze Zora waren der Mittelpunkt der Gespräche, so daß Valentin die Feddersen-Großeltern als erstaunlich junge und lebhafte Menschen erlebte, die ihren Lebensabend, weitab von ihren früheren Pflichten, wirklich genossen.

Von seinem Zimmer, das als einziges der Gästezimmer im Erdgeschoß lag, konnte Valentin auf den Ratzeburger See schauen. Er war gerade von einem Abendspaziergang mit Karin und dem Hund zurückgekommen. Karin hatte sich rasch mit einem Kuß verabschiedet und war nach oben gegangen, wo, hinter einer Galerie, die Schlafräume der Familie lagen.

Als Valentin aus dem Bad kam, lag Karin in seinem Bett. In seiner Verblüffung spürte Valentin zuerst, daß sein Mund völlig trocken war, er brauchte dringend etwas zu trinken. So ging er noch mal zurück in den dämmerigen Salon, holte sich aus einer Karaffe Whiskey. Er mochte die schöne Schärfe, und sie verwandelte sein Erstaunen genau in den Zustand, den er jetzt brauchte.

Karin lag in seinem Bett und hatte nichts an. Karin, Hans Feddersens Schwester und Valentins Freundin, die stets weiße Leinenhosen oder Faltenröcke oder was aus reiner Seide trug. Aber nicht gar nichts. Und dann sagte Karin: »Komm«, und er wußte, daß sie ihrem Mut genauso befahl wie seinem und daß es um ihretwillen kein Zurück gab, und er wollte auch nicht unbedingt zurück, denn Karin fror und zitterte, so daß er sie gern wärmte und zudeckte mit sich. Und Karins Augen waren die Augen von Hans, diese Augen waren weit offen für ihn, Karin wollte nicht fremd bleiben, sie wollte gerade ihn, Valentin. Als beide später in der Badewanne das Laken auswuschen, wissend, daß sie damit vor niemandem etwas verheimlichen konnten, sah Valentin, daß die kühle Karin Feddersen rote Ohren hatte und Angst vor ihrem eigenen Wagemut.

Er stimmte einer raschen Heirat zu. Nicht nur, weil Karin schwanger war. Valentin Sander glaubte, daß er mit Karin und durch sie in seiner Heimat zu Hause sein würde.

Kapitel VII

In der ersten Nacht in seiner neuen Wohnung träumte Valentin Sander das Wort ›Palitsidu‹. Das Wort klang hell in seinem Kopf, es blieb darinnen, als Valentin längst wach war und sich über seinen Traum klarzuwerden suchte. Der Ort, den er im Traum gesehen hatte, mußte Arolsen gewesen sein, sein Geburtsort. Yanko hatte Valentin davon erzählt, und manchmal glaubte Valentin, sich an die Gegend zu erinnern. An grüne Helligkeit zwischen Baumstämmen, an das Lager, die Wagen, an die älteren Brüder und an die Schwester, in deren Bett er oft schlafen durfte. Mit der Schwester hatte er vor dem Einschlafen ›Fuchs und Hase‹ gespielt. Die Hasenfamilie hatte einen schlauen Vater, der seine Frau und die Jungen vor dem Fuchs listig zu beschützen wußte. Ob Yanko ihm das alles berichtet hatte oder ob er sich tatsächlich noch erinnerte, war Valentin nicht klar. Jedenfalls träumte er und hörte immer wieder ›Palitsidu. Palitsidu‹. Er mußte Yanko fragen, was das Wort bedeutete.

Noch während Valentin in dem kleinen, kahlen Bad duschte, klang Palitsidu in ihm nach. Valentin wartete auf Ragna. Sie hatte kommen und sich seine Wohnung anschauen wollen. Es war schon fast 9.00 Uhr, und Ragna wußte doch, daß er ins Büro mußte.

Schließlich begann Valentin, seine Koffer auszupacken. Es gab diesmal keine Zeugen. Auch keine Schränke, die seine Anzüge und Hemden aufnehmen konnten. Valentin legte erst mal einiges auf den Teppichboden. Dann stellte er seine Fotografien auf. Schließlich klingelte es. Zum erstenmal in seiner neuen Wohnung. Ragna.

Als er sie in der Wohnungstür stehen sah, wußte Valentin, daß er nichts anderes hatte tun können, als wegzugehen von Karin, von seinen Söhnen, von Goldschühchen und den geordneten Schränken. Er wußte, daß er alles aufgeben würde, was sonst noch seine Existenz bedeutete, wenn Ragna das verlangte. Er zog sie an sich, spürte, daß sie für einen Moment nachgab, und wollte das sofort feiern. Doch Ragna machte sich los, sie mußte die Wohnung anschauen. Dazu war sie schließlich gekommen. Offenbar fiel ihr jedoch zu der Wohnung nichts ein.

Valentin zeigte ihr die gerahmten Fotografien. Er hatte inzwischen eine Art Sippenaltar an einer Wand aufgebaut. Er zeigte Ragna ein Foto seines Stiefvaters. »Und das hier ist meine Tante Henriette. Kinderärztin. Sie hat mich ins Krankenhaus gerettet, als meine Eltern abtransportiert wurden. Sie hat mich in die Villa ihres Bruders, meines Stiefvaters, gebracht. Von meinen Eltern hab ich leider keine Bilder.«

Ragna hörte kaum zu. Sie war nervös, sichtlich ungeduldig. Die Wohnung gefiel ihr nicht. Die Gegend, Winterhude, Dorotheenstraße, war zwar schön. Aber diese Nullachtfünfzehnwohnung, zwei Zimmer, Küche, Bad – nein, nicht sonderlich inspirierend. Außerdem mußte sie gehen. Sie sagte es Valentin, der erstaunt schaute. »Ja, ich muß weg. Zu Bleichertz. Hab ich ihm doch versprochen. Ich muß ihm doch das Bild erklären, das er gekauft hat.«

Valentin hockte auf dem Boden, Henriettes Bild in der Hand. Er fragte, was er ohnehin schon wußte: »Wo willst du ihm das... erklären?«

»Na, wo schon«, fragte Ragna zurück, obwohl oder gerade weil sie ein schlechtes Gewissen hatte. »Na, wo schon, bei ihm. Er hat das Bild heute abholen lassen. Die Ausstellung ist ja schon vorbei. Deine Entscheidung, mein Lieber.«

Valentin saß immer noch auf dem Boden und schaute zu Ragna hoch. Mehr zu sich selber sagte er, daß Frohwein ihn unter Druck gesetzt habe.

Ragna war froh über diesen Blitzableiter. »Dieses Schwein«, sagte sie, »nur weil er es nicht schafft bei mir. Männer sind ziemliche Affen.«

Valentin wandte ein, daß Frohwein schließlich Argumente habe. »Jetzt, vor Weihnachten, zweihundert Quadratmeter Möbelfläche... Wo wir sowieso kein Bild verkauft haben.«
Ragna schaute Valentin an. Kniff sie ihre eher kleinen, etwas schräggeschnitteten Augen ein wenig zusammen? Sie sah für Sekunden spöttisch aus, sogar grausam, als sie über Valentin hinweg irgendwo an der Wand einen Punkt suchte, den sie fixierte. Schließlich sah sie wieder Valentin an, ihr Blick schien starr und gespannt, als sie sagte: »Doch, eins. An Sebastian Bleichertz.« Ragna wandte sich mit einem Ruck, ging zur Tür.
Valentin sprang auf, lief hinter Ragna her, schrie sie an, daß er genau wisse, warum Bleichertz das Bild gekauft habe.
»Langsam, langsam«, sagte Ragna. Schließlich wußte sie ebenso wie Valentin den Grund, doch bedeutete das noch lange nicht, daß sie sich damit erpressen ließ. Was nahm sich Valentin eigentlich heraus?
Er sagte es ihr: »Du gehst nicht zu diesem Drogisten.« Als wollte er sie davon zurückhalten, packte er Ragna bei den Handgelenken.
»Hör auf!« schrie Ragna ihn an. »So eine Scheiße. Alles. Du hättest die Presse schmieren müssen. Mit Inseraten. Noch nie gehört, was? Die kommen doch sonst nicht in ein Kaufhaus. Für die bist du der letzte Koofmich. Abgefackte Feuilletonistenscheißkerls. Ich habe keine Lust mehr. Echt!«
Valentin hatte noch einen Trumpf. »Ich kaufe das Haus vis-à-vis und richte dir eine Galerie ein.«
Ragna stand mit gekreuzten Armen am Fenster. Sie schaute Valentin gar nicht an, als sie knurrte, daß er bei seinen Küchenstühlen bleiben solle.
Valentin begriff sich selber nicht. Er konnte Ragna doch nicht schlagen, was er spontan am liebsten getan hätte. Niemals hatte eine Frau so verächtlich mit ihm gesprochen wie Ragna. Empfand er Haß auf Ragna oder Wut auf sich selbst, weil er sich von ihr so schlecht behandeln ließ? Er wußte es nicht, noch

nicht. Er wußte nur, daß sie nicht zu diesem Bleichertz gehen durfte, und das sagte er ihr, so aggressiv, wie es ihm möglich war: »Du gehst nicht zu Bleichertz, Ragna.«
Ragna drehte sich immer noch nicht um. Sie lachte nochmals verächtlich, sprach dann zum geschlossenen Fenster: »Er hat ein Bild gekauft. Das ist das einzige, was zählt. Und ich sag ihm gern, was ich mit dem Bild will, das er gekauft hat. Dann kann er es weitersagen. Seinen Gästen, die das Bild sehen. Ich will auch wissen, wo und wie es hängt. Das Bild ist mein Kind, Valentin. Andere hab ich nicht. Und will ich nicht. Wenn du das nicht kapierst, dann... Adieu, Schwarzkopf. Laß dich nicht scheiden. Noch nicht.«
Sie ging, und Valentin blieb zurück. Er hockte wieder bei seinen Bildern am Boden, fühlte sich wie ein Hund, ja, doch, sie hatte ihn wie einen lästigen Hund behandelt. Er spürte, wie eine irrsinnige Wut in ihm aufkam. Er mußte etwas dagegen tun. Er konnte sich doch von einer Frau nicht so fertigmachen lassen. Valentin hängte die Bilder seiner Adoptiveltern ab, raffte den Mantel von einem Kleiderhaufen und rannte aus der Wohnung, die Ragna für ihn unerträglich gemacht hatte.

Kapitel VIII

Valentin parkte vor der Lagerhalle, in der seit einiger Zeit Kegelbahnen aufgebaut waren. Gleich hinter der Halle standen die Wohnwagen der Steinbergers, Reinhardts und Ziroli Mersteins. Die großen modernen Wohnwagen waren so aufgestellt, daß vier von ihnen einen Innenhof bildeten, der fest geschlossen war und nur an einer Scitc eine Art Ausgang freiließ.
Valentin blieb noch im Wagen sitzen, im Autoradio hörte er die Beatles, Hey Jude, er wollte das Lied zu Ende hören. Während er sich eine Zigarette anzündete, sah er drei junge Zigeuner aus dem Lager hinüber in die Halle gehen. War nicht Holzmanno dabei? Valentin konnte es nicht so genau erkennen. Er sah jedoch, daß sie einen altdeutschen Schäferhund dabeihatten. Hojok Reinhardt hatte so einen, und Valentin wußte, daß junge Zigeuner, die in seinem Kaufhaus geklaut hatten, auch mit einem Schäferhund gesehen worden waren. Er rauchte noch seine Zigarette und ging dann hinter den Jungen her in die Halle. Er würde sie sich mal vorknöpfen wegen der Klauereien.
Drinnen in der Halle war eine Theke. Hinter geschlossenen Türen hörte man den Lärm fallender Kegel und die sie begleitenden Ausrufe. Eine junge Bedienung trug auf dem Serviertablett Bier und Schnäpse für die Kegler. Hinter der Plastiktheke stand der Wirt und spülte Gläser. Sein einziger Gast saß vor ihm auf einem Barhocker, zu seinen Füßen lag ein besonders wolliger Schäferhund. Der Hund der jungen Zigeuner beschnupperte interessiert den anderen Schäferhund, und der erwiderte sein Interesse freundlich.
Valentin hörte, daß der Wirt mit den Zigeunern stritt.
»Solange ihr euern Köter dabei habt, gibt's hier für euch nichts zu trinken.«

Einer der Zigeuner deutete auf den Trinker. »Der hat seinen ja auch dabei.«
»Ist Stammgast«, sagte der Wirt und nahm die Zigarette nicht aus dem Mund.
»Wir sind auch nicht das erste Mal hier«, sagte der Junge, den Valentin für Holzmanno hielt.
»Wollt ihr Streit?« antwortete der Wirt.
»Wir wollen Bier!«
»Hunde haben keinen Zutritt hier. Steht an der Tür. Sogar mit Bild. Für Analphabeten.« Der Wirt wurde lauter.
»Und das da«, fragten die drei, »das ist kein Hund, nein?«
»Keine Regel ohne Ausnahme.«
»Weil wir Zigeuner sind, ja?«
»Quatsch nicht, das ist ein Freund von mir. Der hat seinen Hund schon mitgebracht, da habt ihr noch im Ganges gebadet.«
»Nazischwein.«
»Sag das noch mal.«
»Nazischwein.«
Der Wirt nahm jetzt seine Brille ab. »Halt die mal 'n Moment«, sagte er zu dem Trinker auf dem Barhocker.
Er kam hinter seiner Theke hervor, verließ sie wie der Soldat den Unterstand und ging auf den Zigeuner zu, der den Schäferhund hielt. Der Wirt hatte seine Taktik. Er wollte die stärkste Gefahr zuerst ausschalten. Der Hund ging in Beschützerstellung, knurrte, drohte – sein Herr wußte, daß er ihn nicht mehr lange halten konnte, und wich mit dem Hund zurück. Die beiden anderen Burschen gingen auf den Wirt los, der sofort zuschlug. Er war ihnen gewachsen, prügelte die beiden hinaus aus der Halle, bis sie sich mit dem Hund zu den Wohnwagen zurückzogen.
Valentin sah erstaunt, wie rasch es dem Wirt gelungen war, mit den drei jungen Zigeunern fertigzuwerden. Er hätte es dem korpulenten Mittfünfziger nicht zugetraut. Und jetzt rief der Wirt den dreien noch nach, daß sie das nächstemal gefälligst ohne

Köter kommen sollten. »Und das Nazischwein laßt ihr auch zu Hause. Vielleicht kriegt ihr dann sogar ein Bier von mir.«
Der Wirt klatschte seine Hände gegeneinander, als wären sie schmutzig geworden. Er kam zurück in seine Kneipe. Aus dem Dunkel tauchte wieder einer der Zigeunerjungen auf und wollte ihm nach. Valentin sah, wie ein anderer Junge ihn zurückhielt und beide zusammen wieder umkehrten. Valentin folgte ihnen. Die Jungen standen vor Yankos Wohnwagen, riefen nach ihm, Yanko kam und verschwand mit den dreien im Dunkel.
Valentin ging schließlich zurück an die Bar, setzte sich neben den anderen Gast und bestellte ein Helles.
Hatte der Wirt ihn schon früher bemerkt? Seine Augen, die unter den wulstigen Lidern kaum sichtbar waren, blitzten kurz auf. In einer Art widerwilligem Wohlwollen.
»Ein Helles, der Herr.« Der Wirt zapfte betont geschäftig und liebevoll. »Aber ja. Wer sich anständig benimmt, wird anständig bedient, ist doch klar.«
Der andere Gast, der bislang höchstens mal dem Wirt zugeprostet oder auf seinen Hund geschaut hatte, wandte sein vom Alkohol verwüstetes Gesicht Valentin zu. »Prost, Zigano!«
»Prost«, sagte Valentin, trank einen Schluck, legte Geld auf den Tisch und ging. Er hörte, wie der andere zum Wirt sagte: »Dem schmeckt dein Bier nicht.« Der Wirt seufzte: »Ein Volk ist das. Junge, Junge.«
Valentin fuhr zurück in die Stadt. In seinem Kopf waren die Bilder, die Geräusche der Halle. Die Gesichter der Männer. Wie selbstverständlich sie ihn für einen Zigeuner gehalten hatten. Valentin sah die listigen Augen des Wirts, die Visage des Trinkers. Nicht mal einen leisen Zweifel hatten die gehabt.
Valentin war gefahren, ohne sich auf den Weg zu konzentrieren. Erst als er in den Harvestehuder Weg einbog, wurde ihm klar, daß er zu seinem Haus fuhr, aus dem er gestern ausgezogen war. Sofort wendete er, um in die Dorotheenstraße zu fahren. Mit einem vagen Gefühl der Erleichterung dachte er, daß Ragna in-

nerhalb der letzten Stunden nicht wie sonst seine Gedanken beherrscht hatte. Doch dann spürte er die Wut schon wieder in sich hochsteigen, und das Gefühl seiner Ohnmacht.

Warum stellte er sie nicht vor die Entscheidung? Entweder mit mir, aber ganz – oder ohne mich. Valentin wußte, wie Ragna reagieren würde, wie ihre Augen sich verengen, die starken Brauen sich über der Nase zusammenschieben, der Mund sich spöttisch verziehen würden.

In der Dorotheenstraße, jedenfalls in der Höhe seiner Wohnung, gab es keinen Parkplatz, Valentin kurvte und fluchte, nahm sich vor, möglichst rasch eine Garage zu mieten. Als Valentin schließlich im Hausflur war, sah er, daß etwas in seinem Briefkasten steckte. Und zwar so, daß es nicht übersehen werden konnte. Valentin nahm den Brief, er war über und über mit indischen Schriftzeichen und Dekor bemalt und an Ragna gerichtet. Valentin konnte ihn jedoch leicht öffnen und las: »Du bist keine Hure, Ragna. Glaub es ihnen nicht. Du bist Wasanti. Bleib dir treu. Ich warte auf dich. Wehe, wenn du nicht kommst. *Weil sie fremde Lippen biß, traf sie des Liebsten Lotosfächer.* Titi Kalidasa.«

Sein Sohn. Georg. Titi. Und nun auch noch Kalidasa. Und Ragna nannte er Wasanti. Valentin wußte genau, daß sein Sohn diesen Brief auch an ihn geschrieben hatte. Wenn nicht überhaupt nur an ihn. Georg wollte seinem Vater zeigen, daß Ragna und er, Titi Kalidasa, zusammengehörten. Und daß er, Valentin, in ihrer Welt nichts zu suchen hatte. Er, der nicht mal Zigeuner sein wollte, konnte schon gar keine indische Liebeslyrik verstehen. Und Ragna – wie lächerlich wollte sie ihn denn noch machen. Spielte er schon den Rivalen seines Sohnes?

Valentin rannte die zwei Stockwerke hoch zu seiner Wohnung. Schon als er aufschloß, roch er ihr Parfum. Sie lag in seinem Bett, offenbar schon für die Nacht gekleidet. Valentin wollte gar nicht hinsehen. Sie hatte Kopfhörer auf, schien ihn nicht zu bemerken. Sicher hörte sie indische Musik, im Raum roch es nach Räucherstäbchen. Valentin ging leise zu Ragna hinüber, gab ihr Georgs Brief.

Im Bad wusch er sich die Hände. Lange. Was sollte er tun? Herrgott, war er denn verrückt geworden? Oder war sie verrückt? Oder sie beide?

Plötzlich stand Ragna hinter ihm, den Brief in der Hand. Valentin war auf ihr aggressives Schreien vorbereitet, doch sie sagte nur leise feststellend, daß er einen Brief geöffnet habe, der an sie gerichtet sei. Daß das so ziemlich das schlimmste sei, was er ihr antun könne. Und wenn sie zehnmal verheiratet wären. Dabei schmiegte sie sich an Valentin an. Sie ließ den Brief hinuntergleiten, legte die Hände um seinen Körper. »Ich liebe dich, Valentin, aber ich bin nicht dein Eigentum. Geht das hinein in deinen Schwarzkopf? Ich liebe dich. Reicht das nicht?«

»Doch. Doch, doch, doch.«

»Also.«

»Aber Titi. Was ist mit meinem Sohn?«

»Ganz der Vater.«

Valentin drehte sich jetzt herum zu Ragna. Ihr weiches Gesicht war offen, die Augen suchten seinen Blick, intensiv, die Stimme blieb sanft, ein wenig brüchig fast. Valentin wußte nichts mehr von Verachtung und Wut, er wollte nur diese Frau lieben, aber er mußte Ragna fragen: »Liebst du Georg auch?«

»Kein Verhör, ja!«

»Hast du es nicht gelesen – Georg droht. Paß auf, Ragna, Georg ist ein Zigeuner.«

»Ich seh's, du willst mir auch Angst machen. *Weil sie fremde Lippen biß, traf sie des Liebsten Lotosfächer*... Ja?! Armer Nanosh!«

»Woher hast du diesen Namen?«

»Von Frohwein. Nanosh gefällt mir viel besser als Valentin. Nanosh!«

»Nenn mich nicht so, Ragna. Bitte!«

Ragna blies ihm ein wenig Rauch ins Gesicht. »Du hast einen unterentwickelten Geschmack«, sagte sie freundschaftlich,

aber bestimmt. »Sonst wüßtest du, daß Valentin überhaupt nicht in Frage kommt, verglichen mit Nanosh.«
Dieses sture Biest. War Ragna so hinterhältig wie Frohwein, klebte sie ihm ebenso brutal ein Etikett an wie der Wirt, wie der Säufer in der Kneipe? Wenn sie jetzt noch einmal diesen Namen sagte...
Und Valentin wiederholte seinen Gedanken laut: »Noch einmal, dann...«
»Dann was?«
»Geh ich.«
»Oh.«
»Aber für immer.«
»Das würde ich bedauern. Besonders im Augenblick.«
Valentin sah ihr Lächeln, für das sie eigentlich Schläge verdient hätte. Aber er sah hinter der sanften Grausamkeit, hinter ihrem Unabhängigkeitsgebaren doch die Angst. Und die Liebe. Vielleicht liebte sie ihn tatsächlich nur in diesem Augenblick. Gut, dann galt eben nur der.

Kapitel IX

Aus den Fenstern der früheren Speditionsfirma schaute Valentin hinüber zu seinem Kaufhaus. Er sah in den vierten Stock hinauf, wo er Regina Stoll hinter den Scheiben wußte. Hätte er damals gewußt, wie das hier drinnen aussah! Wenn Frohwein und dieser Trieb nicht gewesen wären, wenn sie nicht so verdammt oberlehrerhaft getan hätten. Doch nun war es passiert. Valentin hatte diese Bruchbude gekauft. Und er sah, daß der Umbau wirtschaftlich gesehen reiner Selbstmord war. Hier mußte man alles, aber auch alles rausreißen. Von der Heizung angefangen über die Fußböden, die Fensterstöcke. Der Architekt ging ihm schon in der ersten Minute auf die Nerven. Und Ragna war natürlich noch nicht da. Fast war er ihr dankbar. Er würde am liebsten alles ungeschehen machen. Doch der Architekt ließ sich in seinem Enthusiasmus nicht beirren.

»Herr Sander, das wird hübsch. Sehr hübsch sogar. Kommen wir von der Straße aus zur Sache. Wie der normale Passant. Kommen Sie mit. Sonst geht Ihnen ja meine Geschichte nicht ein und nicht auf. Also, wir kommen von hier oder von da, jetzt meine Eingangsgeschichte, zwei Bogen...«

»Moment, Herr Plenzdörfer-Neufels, Moment, warten wir doch, bis Ragna Juhl auch da ist. Sonst müssen Sie ja alles zweimal sagen.«

Nur ungern ließ der Architekt seinen Redefluß bremsen.

»Gut, gut, gut. Warten wir auf Ragna Juhl. Ich bin ganz verliebt in die Geschichte, die mir für den Eingang eingefallen ist. Ich neige dazu, mich bei Eingangsgeschichten zu verausgaben. Meine Frau nennt mich einen Vorspielvirtuosen.«

Herr Plenzdörfer-Neufels lachte über sein ganzes gepflegtes Jungengesicht. Man spürte, er erzählte diese Geschichte gern. Und oft. Sie gehörte zum Verkaufsförderungsprogramm.

»Ist das nicht hübsch gesagt! Vorspielvirtuose! Ach, ich habe eine süße Frau. Und wissen Sie, wo ich die kennengelernt habe? In der Eingangshalle des Bayerischen Hofes. In München. Meine Frau ist Münchnerin, müssen Sie wissen. Aber pünktlich ist sie genausowenig wie Ihre ... wie Frau Juhl ...«
Valentin hatte schon wieder nervös hinaufgeschaut zu seinen Bürofenstern. Vielleicht winkte ja Regina Stoll herunter, vielleicht wußte sie ja etwas von Ragna.
In dem Moment sah Valentin Frohwein aus dem Haus kommen, es schien ihn förmlich über die Straße zu peitschen, so konsequent stemmte er sich dem Verkehr entgegen, bahnte sich einen Weg über die Fahrbahn. Valentin glaubte Frohwein gut genug zu kennen, um zu sehen, daß der seine Botschaft genoß. Dabei tat dieser Heimtücker jetzt so, als wäre er bestürzt: »Ein Anruf, Herr Sander. Herr von Strehlitz will Sie sprechen ...«
»Strehlitz? Kenn ich nicht. Wer ist das?«
Frohwein klärte ihn fast vorwurfsvoll auf: »Der Privatsekretär von Bleichertz. Er meldet: Ragna Juhl kommt nicht. Kann nicht kommen.«
Valentin fragte völlig unnötig, und er wußte es: »Sie kann nicht kommen?«
»So ist es.«
»Sonst noch was?«
»Nein«, sagte Frohwein und tat schon wieder erstaunt. »Nein, das war schon alles. Natürlich Bedauern und so ...«
Valentin sagte gelassen: »Gut, gut. Dann verschieben wir eben den Termin, Herr Plenzdörfer-Neufels. Da uns Herr von Strehlitz nicht mehr sagen kann, kann ich Ihnen auch nicht mehr sagen. Guten Tag.«

Obwohl Regina Stoll unzufrieden mit ihm war, obwohl sie eine Liste hatte mit wichtigen Punkten, die es zu bereden gab, obwohl er sich fahnenflüchtig fühlte, hielt es Valentin Sander nicht länger in seinem Büro. Er mußte zu Ragna, er wußte inzwischen, daß sie von Bleichertz in ihr Atelier gefahren war, daß sie arbeiten wollte. Das hatte sie ihm gesagt, als er sie heute mittag endlich am Telefon sprechen konnte. Aber eben nur das. Was war bei Bleichertz? Was wollte Ragna, was dachte, wünschte, fühlte sie wirklich? Er würde es nie wissen, Ragna riß ihn in ein Leben hinein, dem er nicht gewachsen war. Die Jahre mit Karin schienen ihm in einem neuen Licht. Immerhin angenehm durch die Abwesenheit von Gefühlen, die ihn jetzt ständig durchrasten. Dachte er an Ragna (und dachte er überhaupt nicht nur noch an sie?), bekam er immer neue Beweise ihrer Unzuverlässigkeit, wurde ihm fast übel vor Qual und Wut. Trotzdem konnte er sich gleichzeitig fast betrunken fühlen vor Sehnsucht. Das konnte kein Mensch aushalten. Er wollte das auch nicht ertragen, er wollte wissen, woran er war.

Vielleicht würde es besser werden, wenn er für Ragna und sich eine große Wohnung fand. Groß genug, daß sie auch ihr Atelier dort einrichten konnte.

Leise stieg Valentin die Treppen hinauf. Ebenso leise konnte er oben auch die Türe aufschließen. Er schlich förmlich durchs Atelier, bis er hinter Ragna stand. Er schaute ihr zu, wie sie malte. Das heißt, er hätte ihr gern lange zugeschaut, doch Ragna bemerkte ihn sofort. Und aggressiv schrie sie ihn an:

»Raus. Hau ab, dreh dich um. Das mag ich nicht. Also wirklich. Ich hab dir gesagt, das schlimmste für mich ist, bespitzelt zu werden. Du gehst jetzt, wie du gekommen bist. Mich bei der Arbeit zu beobachten, das ist das allerschlimmste. Eine Taktlosigkeit sondergleichen ist das.«

Ragna warf ihr Malzeug weg. Valentin war rausgegangen in den Gang. Sie hatte die Tür so weit zugemacht, daß er nichts mehr sehen konnte. Er begriff nichts. Dabei wollte er sich so gern entschuldigen. Er wollte gern wirklich schuld sein, damit er eine Erklärung hätte für ihre Heftigkeit. War es eine Taktlosigkeit, einem Künstler über die Schulter zu schauen? War das wirklich unverzeihlich?

»Das habe ich einfach nicht gewußt. Ich habe es mir so schön vorgestellt, dich zu überraschen, Ragna.«
Valentin war zornig auf sich selbst. Wieso war er so demütig, warum ließ er sich ständig von ihr Szenen machen? Wenn sie ihn nicht dahaben wollte, warum blieb er dann? Was sollte dieser Blick, mit dem sie ihn jetzt ansah?
»Schluß«, schrie Ragna. »Schluß. Nie mehr, das sage ich dir, nie, nie, nie mehr kommst du wie ein Dieb hier herein. Ich ertrage beim Malen keine Zeugen. Begreif das doch, Schwarzkopf, blöder.«
Er begriff, daß sie ihn loswerden wollte. Auf jeden Fall sollte er abhauen. Das begriff er. Und das konnte sie haben. Er würde nie mehr hierherkommen. Und wenn er sich selber fesseln müßte.
Ragna hatte sich schon wieder ihrem Bild zugewandt und rief ihm zu: »Und jetzt ab, Nanosh… Valentin! Ich hab zu tun.«
Valentin ging die Treppe hinunter. Diesmal nahm er von jeder Stufe Abschied.

Valentin saß an seinem Schreibtisch und sah auf den üppigen Strauß gelber Fresien, den Frau Stoll ihm hingestellt hatte. Fresien waren wegen ihres Duftes seine Lieblingsblumen. Karin hatte Fresien als Hochzeitsstrauß von ihm bekommen, sie hatte sich einige Blüten sogar ins Haar gesteckt. Valentin starrte auf die Blumen, atmete ihren Duft. Er hatte das Gefühl, als sei sein Kopf leer, aber heiß. Hatte er Fieber?
Es klopfte, und Regina Stoll wartete nicht, wie sonst, sein »Herein« ab, sie erstürmte geradezu das Chefzimmer, in der Hand, einer Fahne gleich, die ›Hamburger Morgenpost‹. Sie legte sie geöffnet vor Valentin hin.
»Was sagen Sie dazu?« Frau Stolls Zeigefinger zitterte. »Und Bleichertz eröffnet. Was sagen Sie dazu – das ist doch der Gipfel. Oder ist das etwa nicht der Gipfel?«
Valentin las: »Am morgigen Freitag wird in der Galerie Gloor eine Ausstellung mit Bildern der jungen Malerin Ragna Juhl

eröffnet. Zur Eröffnung spricht Dr. h. c. Sebastian Bleichertz.«
Regina Stolls Stimme brach fast vor Trauer und Triumph: »Und wenn ich Ihnen irgend etwas gesagt hätte in der Richtung, Sie hätten mir nicht geglaubt, nicht wahr?«
Valentin fiel dazu nur »Ja... Nein« ein. Mehr brauchte er auch nicht zu sagen, denn Regina Stoll war noch nicht fertig. Sie sagte, daß sie es gewußt habe. »Vom ersten Tag an. Von ihren Bildern. Die sind nämlich im tiefsten Sinn charakterlos. Die sind sogar...«
»Frau Stoll, bitte.«
Es klopfte wieder. Frohwein kam herein. Auch er hatte die Zeitung in der Hand. Als er Valentin und Frau Stoll sah, waren seine Schadenfreue und die Enttäuschung darüber, nicht selber Überbringer dieser Botschaft zu sein, spürbar. Frau Stoll zahlte es ihm heim, indem sie spitz erklärte, daß er zu spät komme.
»Ich sehe es«, entgegnete Frohwein knapp.
»Sie haben uns diese Dame ins Haus gebracht.« Frau Stoll stand in einer angespannten Haltung, die nichts Gutes verhieß, vor Frohwein.
»Frau Stoll, bitte.«
»Das muß sie büßen!« Regina Stoll mußte es ihrem Chef sagen, daß die Juhl eine kaltschnäuzige Person ist, die sich die Männer nimmt, egal woher. Egal auch, ob sie Ehen kaputtmacht. Und dann läßt sie ihre Opfer auf den Trümmern sitzen. »Das muß sie büßen«, wiederholte Frau Stoll feierlich. »Glauben Sie mir. Ich weiß heute noch nicht wie. Aber damit kommt sie nicht durch. Das bringt ihr kein Glück. Wo Sie alles für sie getan haben.«
Regina Stoll schluchzte fast vor Wut. Sie ging hinaus und warf Frohwein einen empörten Blick zu.
Valentin sagte zu Frohwein, daß er den Laden gegenüber wieder verkaufen solle. »Wir brauchen den nicht mehr, Frohwein. Der Meinung sind Sie doch auch, oder?«
»Schon. Aber ob jemand den Laden will. Unsere Schwierigkeiten wachsen gewaltig.«
»Was für Schwierigkeiten haben wir noch?«

»Das Konzept, Herr Sander. Das Konzept stimmt nicht. Ich predige Ihnen das seit eh und je. Zum Luxuskaufhaus fehlt das Niveau und zum Massenkaufhaus das Kapital. Wir sind so gut wie am Ende. Da nützt uns auch der Mode-Marketing-Preis nichts. Vielleicht sind wir noch nicht ganz am Ende. Noch hoffe ich. Wenn die Transbank nicht nervös wird, schaffen wir's. Schlimmstenfalls müssen wir uns von der Villa Sander trennen.«

»Sind Sie wahnsinnig, Frohwein. Meine Familie.«

»Müßte halt irgendwo anders unterkommen. Ihre Familie...«

»Lassen Sie mich jetzt allein, bitte.«

»Gern, Herr Sander.«

Valentin kam sich gehetzt vor. Seltsamerweise fühlte er in diesem Moment fast so etwas wie Sehnsucht nach Karin, nach den Söhnen, nach Goldschühchen. War es die Befürchtung, daß sie das Haus womöglich aufgeben sollten? Er dachte an Hans Feddersen, seinen Schwager und früheren Freund. Er hatte ihn nach der Trennung von Karin nicht mehr gesehen.

So unsinnig es ihm erschien und sosehr er sich auch larmoyant schimpfte, es schien ihm, als sei Ragna so etwas wie sein Schicksal, wie eine Vollstreckung des Urteils, das über ihm schwebte, weil er Valentin Sander geworden war. Nanosh Steinberger richtete jetzt Valentin Sander zugrunde. Und Ragna war das Werkzeug.

Er schaute sich in seinem Büro um, sah die gleichgültige Ruhe all der Dinge, die ihn seit Jahren umgaben. Er sah aus dem Fenster, sah die Sonne hinter den Häusern versinken, er hatte es schon tausendmal gesehen, aber der Gedanke, daß es morgen wieder genauso sein würde, beruhigte ihn nicht. Er fuhr in seine Wohnung. Als er hinter der Tür, auf dem Teppichboden, eine Notiz von Ragna fand, war er nicht verwundert. Ragna schrieb:

»Lieber Nanosh, ich mußte ausziehen. Glaub mir. Ich kann Dir nicht helfen. Ich muß mir zuerst selber helfen. Dann helf ich Dir. Bestimmt. Ragna.«

Gelang es ihm, sie zu verachten? Ragna war nicht käuflich. Sie war stark, stärker und unabhängiger als sie alle. Stärker auch als Bleichertz. Valentin fürchtete das Gefühl, ohne Ragna nicht leben zu können. Es richtete ihn zugrunde, das spürte er. Solange Ragna lebte, solange sie sich zusammentat mit wem sie wollte, so lange würde er, Valentin, leiden, sich quälen. Doch, ja, der Gedanke, daß Ragna sterben könnte, entlastete ihn. Lieber ihren Tod als die peinigende Vorstellung, daß sie ohne ihn lachen könnte, lieben könnte, leidenschaftlich sein könnte. Besonders diese Vorstellung peinigte ihn zutiefst.

Valentin mochte sich selbst keine Rechenschaft darüber geben, warum er zur Ausstellungseröffnung ging. Vielleicht hatte er sogar die Hoffnung, Ragna wiederzugewinnen. Jedenfalls stellte er sich in der Galerie Gloor etwas abseits von den anderen Gästen, es war ihm, als könnten sie sonst hören, wie blödsinnig stark sein Herz klopfte. Valentin glaubte, hier fast dieselben Leute wie bei der Ausstellung in seinem Haus zu sehen. Wahrscheinlich waren es auch dieselben, denn er wurde dauernd gegrüßt und, wie ihm schien, neugierig betrachtet. Und dann sah er Frohwein, der wieder seine Filmkamera bereitmachte. Unerträglich. Schließlich sah Valentin auch, zwischen Bleichertz und dem Galeristen, Ragna.

Ihr üppiges schweres Haar war heute in einer Art Knoten im Nacken zusammengefaßt. Sie trug ein schwarzes, enges Kleid und, wie meistens, flache Slipper. Valentin spürte, wie es in seinem Kopf zu pochen begann, er glaubte zudem, daß Ragna ihn ansehe, mit einem Lächeln, das wieder diese widerwärtige Sanftheit hatte. War es ihr ein Fest, ihn aus der Fassung zu bringen? Und alle anderen hier beobachteten genußvoll, wie sie mit ihm umging.

Jetzt sprach Bleichertz, wahrscheinlich redete er schon eine Weile, und Valentin hatte es nicht bemerkt. »...Es ist kühn, wenn ein Mädchen sich heute entschließt, sich ganz der Malerei zu widmen, die man schon mit deutlichem Spott Staffelei-

Malerei nennt. Oder wenn man sich weltläufig gibt: easel painting. Das ist ja das Letzte. Bilder fürs Zimmer. Fürs Wohnzimmer gar. Kein bißchen documenta-Allüren, Installationsehrgeiz, Videowahnsinn, einfach Malerei. Ja, so was gibt's. Wenn eine malt, weil sie muß und kann. Und die da, die Ragna Juhl, muß und kann. Sie kann sogar mit dem Messer umgehen. Schauen Sie sich diese Holzobjekte an, die sowohl Bilder wie Plastiken sein wollen, sein können. Als ich die zum erstenmal sah, dachte ich: Woher hat sie diesen Schmerz? So jung. Woher dieser Schmerz? Und wohin weist er? Ich wünsche Ihnen einen nachhaltigen Umgang mit Ragna Juhls Kunst.«

Natürlich klatschten alle. Was sonst. Sie klatschten sogar lebhaft und gingen dann hinüber zu den Bildern. Valentin blieb einen Moment allein an seiner Wand stehen. Er sah, daß Ragna ihn wieder anblickte. Mit diesem Blick, den er nicht deuten wollte. Dann drehte sie sich sanft weg. Und Herr Frohwein filmte. Valentin sah jetzt, daß auch sein Sohn Georg gekommen war. Georg ging auf Ragna zu.

Und Valentin ging, ohne zu überlegen, auf Georg zu. Schnitt ihm den Weg zu Ragna ab, faßte ihn am Ärmel und zog ihn mit sich hinaus. Ins Freie.

Georg wehrte sich. »Laß mich los, laß mich sofort los!«

Valentin hörte gar nicht zu. Er führte Georg über die Straße, zu seinem Auto. Georg liefen Tränen der Wut übers Gesicht.

»Mach dich doch nicht lächerlich.« Valentins Zorn machte Georg auch wütend: »Wer macht sich hier lächerlich, doch wohl eher du!«

Valentin sperrte das Auto auf, schob Georg hinein. Die beiden fuhren wortlos die ganze Strecke bis zum Harvestehuder Weg. Vor der Villa Sander ließ Valentin seinen Sohn aussteigen.

Valentin drehte die Scheibe runter, rief Georg nach: »Grüß deine Mutter von mir, ja? Und Moritz. Ist Moritz bald fertig?«

»Er ist fertig.«

»Und was macht er?«

»Er bewirbt sich bei allen möglichen Firmen.«

Moritz wollte also nicht mehr in die Firma eintreten. An diese Konsequenz hatte Valentin noch nicht gedacht. Moritz wollte den Bruch, wollte Rache für Karin.
Und Georg? Valentin sah seinen Sohn, der nur noch höflich stehenblieb, um die Fragen seines Vaters zu beantworten. Valentin sah, daß Georg unglücklich war. Ebenso unglücklich wie er. Und daß Ragna die Ursache dazu war, das machte Valentin wütend und ungerecht. Er rief aus dem Auto heraus:
»Du rennst ihr immer noch nach.«
»Das mußt ausgerechnet du sagen.«
»Ich bin in die Vernissage gegangen, um ihr zu zeigen, daß ich sie verachte.«
Georg kam wieder zurück. Sein Gesicht verzerrte sich, als er zu seinem Vater ins Auto hineinsagte: »Das ist ja ganz toll. Hoffentlich hat sie auch was gemerkt von deiner Verachtung. *Ich* wollte ein bißchen näher hin zu ihr. Aber das hast du ja verhindert. Das nächste Mal komme ich näher ran an die Dame. *Meine* Verachtung kriegt sie mit, darauf kannst du dich verlassen. Gute Nacht.«

In seiner Wohnung hockte Valentin sich aufs Bett. Fotos von Ragna lagen auf dem Teppich. Er nahm sie in die Hand, schaute sie an. Ragna. Hatte er ihren Namen gerufen? Jedenfalls griff er sich seinen Mantel, die Autoschlüssel. Er wußte nicht, warum, aber er fuhr zu ihr. Und er hatte Glück. Unten war die Haustür noch nicht verschlossen. Hastig, in Panik rannte Valentin die vielen Treppenstufen hoch, oben konnte er sein Keuchen kaum bezwingen.
Er klopfte bei Ragna.
»Ja?«
»Ich bin's.«
Ragna öffnete, sie war barfuß, die Haare fielen ihr lose über die Schultern.
»Aha. Bin noch keine fünf Minuten daheim. Komm.«
Sie ging in ihr Wohn-Schlafzimmer. Valentin ging jedoch ins

Atelier. Er nahm ein Messer aus dem Sortiment ihrer Schnitzwerkzeuge. Ragna folgte ihm. Spöttisch fragte sie:
»Willst du arbeiten? Bitte, betätige dich doch. Holz ist da. Vielleicht ein Selbstporträt. Armer Nanosh mit Messer.«
Sie ging auf Valentin zu, mit ausgebreiteten Armen, und dabei lächelte sie in ihrer schwer deutbaren Weise. Valentin ließ das Schnitzmesser fallen, wollte Ragna umarmen. Aber da nahm sie seine Hände, hielt sie fest.
»Pscht. Jetzt nicht. Gute Nacht.«
Sie brachte ihn vor die Tür, er sah sie an, doch ihre Augen waren starr und gespannt irgendwohin gerichtet. Ragna sah über Valentin hinweg. Eine Fremde. Valentin ging langsam die Treppe hinunter. Hatte er je geglaubt, mit Ragna leben zu können?
Als er seinen Wagen startete, sah er die Scheinwerfer eines anderen Wagens näherkommen. Das Auto hielt vor Ragnas Haus, und Valentin sah jetzt, daß es Georg war. Im Auto von Moritz. So hastig wie vorhin Valentin, rannte jetzt Georg zum Haus, klingelte, wurde eingelassen.

Kapitel X

Die Wintersonne kam durch die Fenster, die noch keine Vorhänge hatten. Valentin lag angezogen auf seinem Bett. Er lag auf der rechten Seite, anders hatte er es nicht ausgehalten in der Nacht. Sein Herz hatte bis in den Hals hinauf geklopft. Einmal war Valentin aufgestanden, hatte sich taumelnd am Tisch festgehalten, etwas Perrier getrunken und war schließlich wohl wieder eingeschlafen.

Als es läutete, mußte er sich erst besinnen. Doch es läutete sofort wieder, fordernd, drängend. Valentin ging an die Tür. Zwei junge Zigeuner standen draußen. »Du mußt weg hier, schnell!« Sie sahen Valentin unwillig an, ungeduldig zumindest, denn der eine setzte barsch hinzu, daß er nicht so lange herumstehen solle, sondern mitkommen müsse. »Sofort!«

In einem großen Mercedes wartete ein dritter Zigeuner. Sie fuhren los, und die drei Jungen unterhielten sich in Romani, das Valentin nur bruchstückhaft verstand. Er spürte, daß er selbst die Ursache ihrer Verärgerung war. Valentin kreuzte die Arme eng vor der Brust und zog sich frierend in die Polster der Hinterbank zurück. Was hatte er mit diesen Jungen zu schaffen? ›Palitsidu.‹ Er wußte inzwischen, daß das von ihm geträumte Wort Verbannung bedeutete.

Im Zigeunerlager war es noch ruhig. Aus den geöffneten Fenstern der Wohnwagen drang Kaffeeduft, Kinder riefen sich Scherzworte zu, aus einem der Wagen hörte Valentin arabisch anmutende Musik. Yanko stand schon in der Tür seines geräumigen Wohnwagens. Er schaute sich suchend um, zog Valentin wortlos hinein. Außer ihm saßen noch zwei Männer am Tisch, Stephan und Hojok, Valentin kannte sie von früheren Besuchen.

Yanko hatte die Tür verschlossen. Er schob Valentin einen

Stuhl zu, blieb aber selber an der Tür stehen, schaute durch ein Klappfenster immer wieder nach draußen.
Ohne Valentin anzusehen, sagte er: »Die blonde Gadschi ist tot. Ermordet. In ihrem Atelier. Heute morgen um drei Uhr oder um vier. Wir haben den Polizeifunk abgehört. Aus anderen Gründen. In ein, zwei Stunden sind sie bei dir. Du warst allein heut nacht. Hast kein Alibi. Und du bist ein Zigeuner. Das reicht für sie.«
Valentin wandte sich ab. Wollte weg von allem. Doch Yanko blieb dicht hinter ihm. Hatte alles geplant. »Du bleibst bei uns. Hier die Papiere von deinem Vetter, er ist letztes Jahr in Aigues Mortes ertrunken. Bis du Haare und Bärtchen hast wie er, gehst du nach Belgien. Heute abend fährst du. Unsere Kölner bringen dich rüber. Im Sommer treffen wir dich in Aigues Mortes. Du übernimmst die Sippe.«
»Yanko. Ich fahre nicht.«
»Sie kommen! Er muß runter!«
Stephan und Hojok hatten schon den Teppich hochgehoben, darunter lag ein abnehmbares Stück Boden, darunter eine flache Wanne. Ehe Valentin das alles begriff, lag er da unten. Die Bodentür wurde darübergelegt, darüber der Teppich. Yankos und Stephans Frauen brachten Kaffee. Die Männer begannen zu rauchen. Papiere lagen plötzlich auf dem Tisch, Warenlisten. Reste vom Frühstück.
Einer der jungen Zigeuner, die Valentin hergebracht hatten, steckte jetzt den Kopf zur Tür herein: »Yanko, hoher Besuch für dich, freu dich. Ich nehme an, der Herr will heiraten und ihm fehlen noch ein paar Teppiche...«
»So witzig, schon am frühen Morgen.« Ein hochgewachsener Mann stieg jetzt in den Wohnwagen. An seinem sonnengebräunten, fast haarlosen Kopf fielen helle, kluge Augen auf. Er strahlte eine freundschaftliche Wärme aus, die in einem eigentümlichen Widerspruch zu seinen Worten stand: »Kriminalpolizei. Sind Sie Yanko? Wir haben nur eine Frage: Würden Sie einen Mörder verbergen?«

»Ich glaube nicht.«
»Auch nicht, wenn er zu Ihrer Sippe gehörte?«
»Ich glaube nicht.«
Hinter dem Kriminalkommissar, der sich als Paul Stoever vorstellt, hat sich noch ein zweiter Beamter, Peter Brockmoeller, in den Wohnwagen gezwängt. Peter Brockmoeller ist zierlicher als sein Kollege. Neben dem draufgängerischen Stoever wirkt Brockmoeller leise und ein wenig zerstreut.
Stoever fragte jetzt Yanko freundlich, warum er denn immer nur glaube. Yanko entgegnete ebenso verbindlich, daß Stoever ja schließlich auch reichlich vage Andeutungen mache. Aber er glaube schon zu wissen, worum es gehe. »Sie meinen Valentin Sander.«
»Nanosh Steinberger.« Stoever lächelte sanft.
»Warum geben Sie ihm einen Namen, den er nicht tragen will?« fragte Yanko.
Jetzt mischte sich Brockmoeller ein, der bislang Fotos an der Wand betrachtete hatte. »Vielleicht will er den Namen wieder tragen. Jetzt.«
Yanko schaute von Stoever zu Brockmoeller. Seine Miene war höflich, aber unbewegt.
Kommissar Stoever wandte sich wieder zur Tür, Brockmoeller folgte ihm. Schon in der Tür stehend, sagte Stoever über die Schulter, so als fiele es ihm gerade noch ein: »Er hat in der vergangenen Nacht wahrscheinlich eine Frau getötet. Mit dem Messer.«
Yanko schaute Stephan, Hojok und die beiden Frauen an und sagte lächelnd: »Und damit ist er wieder ein Zigeuner!«
Stoever und Brockmoeller waren schon auf dem Weg zu ihrem Wagen gewesen, als Stoever noch einmal zurückkam, mit seiner ganzen Breite die Türöffnung füllte und sagte: »Wenn er das selber auch glaubt, daß er jetzt wieder untertauchen kann bei Sinti und Roma, das wäre doch keine gute Idee, nicht wahr. Die Leute würden gleich wieder reden. Sie kennen doch die Leute, Yanko. Guten Tag noch zusammen.«

Sie fuhren Richtung Stadt. »Zum Prokuristen Frohwein?« fragte Brockmoeller.
»Nein.«
»Zum Fabrikanten Bleichertz?«
»Nein.«
»Zur Familie?«
Stoever nickte.
Brockmoeller ging die maulfaule Herablassung Stoevers gründlich auf die Nerven. »Bei der Familie ist er garantiert nicht. An der Tat ist die Familie garantiert nicht beteiligt. Aber wir fahren zur Familie.«
Stoever schien richtig glücklich, Brockmoeller ärgern zu können. »Klar.«
»Mir nicht.«
Endlich ließ sich Stoever zu einer Art Erklärung herab. »Ich möchte Prokurist Frohwein und Fabrikant Bleichertz nicht in ihrer Arbeit stören. Abends zu Hause..., das bringt mehr.«
»Und Frau Stoll?«
»Frau Stoll im Betrieb! Frau Stoll geht auf in ihrem Beruf. Frau Stoll zu Hause, das bringt nichts.«
Brockmoeller war schon wieder versöhnt. An sich mochte er seinen Kollegen Stoever, bewunderte ihn sogar widerwillig. Stoever schien ein Glückskind zu sein, so eine Art glückliches Genie, dem alles gelang, obwohl er ein fauler Hund war. Brockmoeller meinte, Stoever immer auf eine leichte und liebenswürdige Weise durchs Leben tändeln zu sehen. Und das in diesem Beruf. Ihm schien immer alles zu gelingen, er heimste überall Lob ein, die Frauen liebten ihn. Man nahm Stoever alles ab, obwohl er manchmal verdammt launisch, spöttisch und hinterfotzig war. Man konnte ihm einfach nicht böse sein. Brockmoeller hätte sich oft gern etwas von Stoevers Vitalität zu eigen gemacht. Wenn er ganz ehrlich war –, er wäre am liebsten so wie Stoever gewesen. Doch dazu langte es nicht, allein schon seine vielen Krankheiten machten ihm das unmöglich. Sein Kopf, die Bandscheibe, der Meniskus...

Wenn er nur an letzte Nacht dachte. Sein linker oberer Backenzahn. Schier kein Auge hatte er zugemacht. Ob das dem Stoever auch mal passierte? »Hast du letzte Nacht auch so schlecht geschlafen?«

Stoever kaute auf einem Hölzchen, sah muffig-freundlich nach vorn durch die Sichtscheibe, sagte aber kein Wort.

»Ich hatte Zahnweh«, Brockmoeller klagte vorwurfsvoll, »die halbe Nacht. Und trotzdem bin ich weniger ...« Er suchte nach dem richtigen Ausdruck, der Stoever treffen soll – aber nicht zu sehr.

Stoever schaute Brockmoeller aus den Augenwinkeln an. »Na?«

»... vergrätzt als du«, ergänzte Brockmoeller.

»Vergrätzt? Wenn ich was bin, dann melancholisch ... Weil wir uns wieder durchackern müssen durch einen Sumpf von Lüge, Täuschung, Gemeinheit.«

»Oh. Ich dachte, es mache uns Spaß«, sagte Brockmoeller sarkastisch.

»Richtig. Es macht uns ja Spaß. Das hatte ich schon ganz vergessen.«

»Vom anderen mal ganz abgesehen.«

Stoever schaute seinen Kollegen fragend an.

»Na ja. Daß da einer einfach eine so junge, begabte Frau ersticht.«

»Schön auch noch«, sagte Stoever sinnend.

»Das darf dem doch nicht so durchgehen, oder?«

»Aber nein«, sagte Stoever, »nicht einmal, wenn sie weniger schön wäre.«

Stoever schaute zu seinem Kollegen hinüber. Dann wurde ihm plötzlich bewußt, daß sie in den Harvestehuder Weg einbogen.

»Feine Gegend, das.«

Sie fuhren bei der Villa Sander vor. An diesem Haus war alles gediegen, stattlich, ohne jeden Schnörkel. Weiß verputzt, hatte es über der reichgeschnitzten schweren Holztüre ein Vordach, das auf zwei Säulen ruhte. Einziger, wunderschöner Schmuck des Hauses war ein großes Jugendstilfenster, das sich über zwei Geschosse erstreckte und dem Haus sein unverwechselbares Aussehen gab.

»Hier wär ich auch lieber als draußen im Wohnwagen«, sagte Stoever, als sie ausstiegen und auf die Villa zugingen.

Martha Goldschuh öffnete und bat die Herren ins Haus. Als Karin Sander kam, stellt sich Stoever vor: »Kriminalpolizei.«

Karin Sander bat die Herren, in der Halle Platz zu nehmen. Sie holte ihre Zigaretten aus dem Wohnraum, und Stoever gab ihr Feuer.

»Ich habe es gehört. Im Radio.«

Paul Stoever starrte Karin für einen Moment überrascht an. Er wunderte sich über sich selbst, daß er sich bis zu diesem Moment noch nicht mit der Frau des mutmaßlichen Mörders beschäftigt hatte. Valentin Sander war ausgezogen. Wegen der Ermordeten, wegen Ragna Juhl. Ein schönes Mädchen, sehr schön. Sogar noch im Tod. Achtundzwanzig Jahre. Wie alt mochte Karin Sander sein? Vielleicht achtundvierzig? Man sah es ihr nicht an. Karin Sander war sehr schlank, fast schmal, auf eine nervöse Art sehr hanseatisch. Paul Stoever hätte sie gerne zum Lachen gebracht. Aber dazu war er leider nicht hier. Schade. Ihre Augen waren so verschattet, so traurig. Erfüllte sie vielleicht das Klischee von der armen reichen Frau? Aber sie wirkte auch gefaßt, souverän. Wenn er zwanzig wäre, würde er sagen, sie ist total cool. Stoever mußte versuchen, sie herauszufordern.

»Ihr Mann ist verschwunden.«

»Seit wann?« fragte Karin wirklich erstaunt.

»Zum letzten Mal wurde er gestern abend gesehen. In der Galerie Gloor.« Brockmoeller fand es höchste Zeit, sich einzuschalten. Dieses herrliche Haus, diese schöne Frau –, Brockmoeller sah Karin bewundernd an. Was mußte sie durchgemacht haben. Es ist doch immer dasselbe. Da haben diese Herren eine hübsche Frau, Söhne, eine Villa und einen Haufen Geld, und dann muß ein junges Mädchen her.

Laut fuhr Brockmoeller fort: »Ihr Mann hat die Galerie mit Ihrem Sohn Georg verlassen. Seitdem hat ihn niemand mehr gesehen.«
Stoever fragte, ob Georg daheim sei.
»Der dürfte gerade über seinem Abitur-Aufsatz brüten.«
»Wann ist er gestern heimgekommen?«
»Zwischen zehn und elf Uhr. Sein Vater hat ihn hergebracht.«
»Hat er etwas erzählt?«
»Ja.«
»Ja?«
»Sein Vater hat ihn offenbar gezwungen, die Ausstellung zu verlassen. Georg erzählte uns, daß sein Vater behauptet habe, er sei fertig mit der... der Frau Juhl. Er verachte sie nur noch.«
»Ist man fertig mit jemandem, den man verachtet?« fragte Stoever glaubhaft verwundert.
Karin Sander erwiderte kurz seinen Blick und schaute dann auf ihre Hände, als sie sagte: »Georg war auf jeden Fall wütend, weil sein Vater ihn offenbar gehindert hat, der Dame seine Meinung zu sagen.«
»Wo könnte Ihr Mann jetzt sein?« Brockmoeller fand seine Frage selber nicht allzu geistreich, aber er hatte das Gefühl, sich auch mal wieder einschalten zu müssen.
Karin sah ihn fast vorwurfsvoll an: »Bei mir nicht.«
Brockmoeller tat, als sei der Kollege Stoever gar nicht mehr da und fragte Karin, ob sie glaube, daß ihr Mann Ragna Juhl getötet habe.
Karins Gesicht wurde abweisend. Sie nahm sich eine neue Zigarette, diesmal gab ihr Brockmoeller beflissen Feuer. Karin lehnte sich in ihren Sessel zurück und sagte dann schließlich, daß sie es nicht wisse.
Brockmoeller beugte sich vor zu ihr: »Ich meine, neigte er zu jähen Reaktionen...«
Brockmoeller hatte das Gefühl, daß Stoever sich über ihn lustig mache, er hing so lässig in seinem Sessel, als ginge ihn die ganze

Vernehmung nichts an. Deshalb preschte Brockmoeller nochmals vor, entschlossen, Karin aus ihrer Reserve herauszuholen und den Kollegen Stoever ein für allemal zu beeindrucken: »Entschuldigen Sie, hat er… hat Ihr Mann Sie je geschlagen?«
Karin antwortete, als gäbe sie Auskunft übers Wetter: »Ja. Aber es hat ihm mehr weh getan als mir.« Dann beugte sie sich kurz vor und fügte spöttisch hinzu: »Bei den Zigeunern heißt es: eine ungeschlagene Frau ist wie ungebratenes Fleisch.«
Das war ein Satz, der Stoever mobilisierte. Er fragte Karin, ob sie es für möglich halte, daß Valentin zu seiner Sippe gegangen sei.
Karin betrachtete wieder ihre Hände. »Wenn es Schwierigkeiten gegeben hat, sagte er immer, ich gehe zu Yanko. Aber ich glaube, damit wollte er mich eher erschrecken. Unser Geschäft, das Kaufhaus… Da hat er sich eben nie wohl gefühlt. Das war bestimmt nicht sein Leben…«
Stoever sah sich um in der eleganten Halle. »Aber er ist doch hier aufgewachsen. Er ist doch aufgewachsen als Valentin Sander.«
»Tja«, sagte Karin. »Er war adoptiert. Sie haben ihn gerettet. Tante Henriette, Frau Dr. Sander, die Kinderärztin. Die hat den Jungen hergebracht, als seine Eltern abgeholt wurden.«
»Statt nach Auschwitz-Birkenau in die Villa Sander…«
Karin schaute Stoever irritiert an. Doch sie ging nicht auf seinen Sarkasmus ein. »Natürlich war er dankbar. Er hat sich bemüht. Aber er hat es nicht geschafft, glaube ich. Er wußte immer, daß er nicht dazugehörte. Und ich wußte das auch sehr früh. Mir hat das gefallen, daß er anders war als die Jungs, die ich sonst kannte. Ich glaube, ich war schon als Kind in ihn verliebt. Am Anfang wußte ja niemand von uns, daß Valentin Zigeuner war. Das sickerte erst später durch. Danach gab es viel Mißtrauen. Auch in meiner Familie. Immer, wenn es Schwierigkeiten gab, hieß es: ein Zigeuner, er ist eben doch ein Zigeuner…«

»Werden Sie etwas tun, um mit ihm in Kontakt zu kommen?« fragte Brockmoeller.
»Ja.«
»Werden Sie uns informieren?«
»Vielleicht.«
»Vielen Dank, Frau Sander, für heute.«
Karin Sander begleitete die beiden Kommissare zur Türe. Paul Stoever schaute sie verstohlen an. Ihm schien es, als lächle sie in einer Art leisem Triumph. Hatte sie ihnen etwas verborgen, wußte Karin Sander mehr, als sie gesagt hatte? Paul Stoever sah in ihr Gesicht, das ihm eben noch so angespannt und verkrampft erschienen war. Trotz des Tageslichts, in dem sie jetzt standen, wirkte Karin Sander mit einemmal jung und fast fröhlich, als sie zu Brockmoeller sagte: »Übrigens – um doch noch Ihre Frage zu beantworten –, ich glaube nicht, daß mein Mann diese... diese Frau umgebracht hat.« Den Namen Ragna schien sie nicht aussprechen zu wollen. Karin Sander bemühte sich sichtlich, ihre Gefühle, die Tote betreffend, nicht preiszugeben. »Mein Mann«, sagte Karin Sander, wobei sie wie ein Kind in die Sonne blinzelte, »mein Mann ist kein Mörder.«
»Sie hat obsiegt«, dachte Paul Stoever und wußte selbst noch nicht, was er mit diesem Gedanken anfangen sollte. Karin Sander stand vor ihrem schönen Haus in der Sonne wie eine Siegerin. Nun ja, ihre Rivalin war tot. Konnte Karin Sander deshalb so entspannt in die Sonne blinzeln? Immerhin gab es in ihrem engsten Kreis einen Mörder. Oder aber wenigstens jemanden, der Ragna Juhl umgebracht hatte. Diesen Gedanken sprach Paul Stoever schließlich aus. »Man muß«, sagte er verbindlich lächelnd zu Karin Sander, »man muß nicht unbedingt ein Mörder sein, um jemanden zu töten.«
Karin Sander schien über seine Worte nachzudenken, denn sie schwieg. Doch ihr Lächeln verschwand nicht ganz von ihrem Gesicht.

Stoever und Brockmoeller fuhren von der Villa Sander aus sofort wieder zu Ragnas Wohnung. Sie stapften die vielen Stufen zum Atelier hinauf, Stoever voran, Brockmoeller hatte die Hand am hölzernen Treppenlauf und blieb schon zum wiederholten Male mit seinem Trenchcoat an einer vorstehenden Rose des Geländers hängen. Er murrte hinter Stoever her: »Also, wenn du uns jetzt jeden Tag zweimal da hinaufhetzt, laß ich mich beurlauben.«
Stoever keuchte auch schon, wollte es aber nicht zugeben: »Dir fehlt eben alles zum Aufsteiger.«
In Ragnas Wohnung arbeiteten die Leute von der Spurensicherung. Ragna war schon abtransportiert. Aber der Platz, wo sie gelegen hatte, war mit Kreide eingezeichnet. Stoever meinte, es sei immer noch leiser Parfumgeruch wahrzunehmen. Die Wohnung wirkte lebendig, bewohnt, besonders das Atelier schien darauf zu warten, daß jemand an dem Bild weitermalte, das auf der Staffelei stand. Es zeigte ein junges Mädchen. Stoever glaubte, eine Ähnlichkeit mit der Toten zu sehen. Das Mädchen stand mit nackten Füßen auf den Holzdielen eines Raumes, alle Türen waren offen, sah man durch die Türen, sah man viele andere Türen, die auch offen waren, vor lauter Türen sah man keine Wände. Zwischen den Türen stand das Mädchen, eine Hand an einem Türknopf. Das Mädchen hatte die Bluse vorne offen, ein schöner, wie gemeißelter Busen, langes, wirres Haar...
»Sehr verführerisch, nicht wahr?« sagte Brockmoeller, und Stoever nickte. »Ein unglaubliches Bild, so ein begabtes Mädchen.«
Stoever schaute sich weiter um im Atelier. »Ein schönes Atelier, ehrlich. Und eine tolle Aussicht.« Er musterte die Umgebung. Moderne Mietshäuser ringsum, viel Grün, keine schlechte Gegend.
Brockmoeller teilte Stoever nachsichtig mit, daß Atelierfenster nicht deshalb groß seien, damit man die Aussicht bewundern könne, sondern damit Licht, reichlich Licht reinkomme. Und

am beliebtesten bei Künstlern, weil am beständigsten, sei das Nordlicht.

»Ach so!« sagte Stoever. »Danke.«

Dann überlegte er laut: »Der Täter ist ihr ins Atelier gefolgt. Daß es hier jede Menge Messer gibt, hat er gewußt. Er hat gesagt, er will ein Bild sehen. Oder kaufen.«

»Nachts um zwei oder drei Uhr.«

»Er hat jedenfalls gewußt, was er hier will.«

Brockmoeller wollte hinaus aus der Wohnung. Er suchte nur noch nach einem plausiblen Grund. Die Leute von der Spurensicherung. »Ich finde, wir sollten die Leute zuerst einmal ihre Arbeit tun lassen.«

Stoever hatte gar nicht zugehört. Er war mit seinen lauten Überlegungen auch noch nicht fertig. »Aber warum läßt er das Messer liegen neben der Leiche? Ein Mann, der planmäßig tötet, läßt doch das Messer nicht neben der Getöteten liegen.«

»Doch. Für uns.«

»Genau.«

»Gehen wir.«

Brockmoeller war froh, daß er Stoever endlich auf der Treppe hatte. Im Runtergehen sagte Stoever: »Also, ich werde jeden Tag einmal hier raufkommen. Ich finde das anregend.«

»Das Treppensteigen.«

»Nein. Das Milieu. In dem es passiert ist. Es ist so... leitend.«

»Was, bitte?«

»Leitend.«

»Aha.«

Sie gingen weiter treppab. Brockmoeller war verdrossen. Er spürte, daß sein Kollege Stoever die wildesten Assoziationen hatte, die ihm, Brockmoeller fehlten. Er kannte Stoever, erst spinnt der, und dann kommt er drauf. Offenbar hatte Stoever gerade wieder eine Idee, denn er blieb jäh stehen:

»Ich finde, wir verschieben unsere Besuche bei Frohwein und Bleichertz noch um ein paar Tage.«

»Dann können wir es auch gleich lassen.« Brockmoeller

konnte Stoever nicht folgen, doch der erklärte ihm ausnahmsweise: »Beide wissen, daß wir kommen. Beide waren in der letzten Nacht mit Ragna Juhl zusammen. Wäre Sander nicht untergetaucht, kämen beide auch als Täter in Frage. Beide sehen unserem Besuch nicht ohne Nervosität entgegen. Beide werden um so nervöser, je länger wir nicht kommen.«
Weil Brockmoeller immer noch nicht verstand, fragte er: »Und was bringt das?«
Stoever stieß mit seinem spitzen Zeigefinger gegen Brockmoellers Mantelrevers: »Je länger wir sie warten lassen, desto mehr werden sie sich präparieren. Und nichts ist so verräterisch wie etwas Präpariertes.«
Brockmoeller stieg schon mal ins Auto ein. Er war enttäuscht. »Klingt ja wie aus dem Lehrbuch.«
»Okay«, sagte Stoever gutgelaunt und gönnerhaft. »Du machst dich lustig über mich, und ich führe dich irgendwohin, wo es einen sagenhaften Kaffee gibt. Jawohl.«

Kapitel XI

Nicht schlecht, so ein Arbeitszimmer, dachte Paul Stoever, als er sich im Chefbüro des Kaufhauses Sander umschaute. Nobel. Zwar ein völlig anderer Stil als in der Villa, aber ebenso beeindruckend. Hellgrauer, fast weißer Teppichboden, schlichte Wandschränke in einem etwas dunkleren Grau, Schreibtisch und Konferenztisch, alles in dezentem Grau, sogar das Leder der Sessel. Der Duft eines übergroßen Fresienstraußes erfüllte das Büro mit einer fast festlichen Frische.
Paul Stoever wäre beinahe ein »Donnerwetter« entfahren, als Valentin Sanders Sekretärin ihn und Brockmoeller schwungvoll ins Chefbüro hineinbat: »Kommen Sie, kommen Sie! Nehmen Sie Platz!« Regina Stoll hatte offensichtlich die Blumen gerade frisch auf den Schreibtisch gestellt. Für sie war ihr Chef präsent, auch wenn er untergetaucht war. Daß Valentin Sanders Frauen, und Paul Stoever rechnete Regina Stoll intuitiv dazu, daß die Frauen um Sander so munter und aufgeräumt waren! Erstaunlich! Hatte Ragna Juhls Tod eine derart befreiende Wirkung?
Paul Stoever betrachtete Regina Stoll. Sie war groß, wohl eher knochig als weich. Er sah, daß auch Brockmoeller sie interessiert betrachtete. Allerdings hingen dessen Augen an ihren in der Tat sehenswerten Beinen, die der enge Kostümrock wohl nicht unbeabsichtigt freiließ.
»Nehmen Sie Platz«, sagte Frau Stoll freundlich. »Sie trinken doch einen Kaffee mit?«
»Das ist lieb, Frau Stoll, daß Sie uns so schnell empfangen.« Triumphierend hielt Stoever seine Nase in den Kaffeeduft. »Daß Ihr Kaffee konkurrenzlos ist, das habe ich so deutlich geahnt, daß ich sagen kann: ich habe es gewußt.« Genießerisch trank Stoever einen Schluck. »Der ist noch besser, als ich dachte.«
Peter Brockmoeller mußte erst noch mit seinem Eindruck ins

reine kommen. Diese Sekretärin, die gefiel ihm ja fast noch besser als Karin Sander. So um die vierzig mochte diese Regina Stoll sein, vielleicht auch erst fünfunddreißig. Die hatte so was Patentes. Brockmoeller hätte wetten mögen, daß die die Sportschau im Fernsehen anschaute und auch noch was verstand davon. Der Sander hatte vielleicht gute Frauen um sich. Und dann noch diese Malerin. Er selbst dagegen hatte sich jede, aber auch jede Frau hart erarbeiten müssen. Ehe Brockmoeller sich selber leid tat, fiel ihm gerade noch ein, daß Valentin Sander immerhin eine seiner Frauen umgebracht hatte. Und das tröstete ihn dann wieder. Ganz so rosig war sein Harem wohl für ihn auch nicht gewesen.

Regina Stoll hatte eine Neuigkeit für die Herren. »Ab übermorgen sitzt Moritz Sander an diesem Schreibtisch.«

»Ach.«

»Herr Sander hat die Firma an Moritz, seinen Ältesten, übergeben.«

Stoever schaute seinen Kollegen Brockmoeller an.

»Uns sagt ja keiner was. Also notariell, offiziell...«

»In aller Form.«

Stoever war erstaunt: »Und wo ist das passiert, wenn ich mal fragen darf?«

Lässig, als passierte das alle Tage im Kaufhaus Sander, erklärte Frau Stoll: »Sie haben Herrn Beesten, den Notar, irgendwohin geholt. Den können Sie fragen. Der weiß nämlich nicht, wo er war. Zuletzt wurden ihm sogar die Augen verbunden.«

»Aber es waren Zigeuner, die ihn geholt haben?« fragte Stoever.

»Ja. Das ist doch...«

Ehe Frau Stoll ihren Satz beenden konnte, klopfte es kurz und energisch, und Frohwein kam herein. Regina Stoll ließ sich nicht anmerken, ob sie erfreut war über die Störung.

»Die Herren kennen sich noch nicht? Unser Prokurist, Herr Frohwein. Die Herren Stoever und Brockmoeller von der Kriminalpolizei.«

Der Prokurist nickte und nickte, schaute die Herren an, als müsse er prüfen, ob sie für das, was er mitteilen wollte, auch den nötigen Fachverstand haben.
»Das Neueste wissen Sie?« begann er und wandte sich an Stoever: »Ich habe gerade bei Ihnen angerufen. Ich weiß nicht, wie ich das den Banken mitteilen soll. Zuerst muß die Rechtslage geprüft werden. Ich habe schon einen Anwalt beauftragt. Ob der Notar das überhaupt durfte! Ein wegen Mordverdacht Gesuchter! Mal sehen, was die Kammer dazu sagt. Verstehen Sie, bitte, meine Erregung. Wenn wir den Konkurs anmelden müssen, dann hängt ALLES vom Vertrauen der Gläubiger ab. Ist das weg, dann ist das Kaufhaus Sander weg. Für mich wäre das, als radierte jemand mein Leben aus. Bald dreißig Jahre. Ich denke an Carl Friedrich Sander«, dabei wies Frohwein auf das große Porträt des Senior-Chefs, das hinter Valentins Schreibtisch an der Wand hing.
Frohwein setzte sich jetzt auf einen Stuhl, hielt sich den Kopf: »Wenn ich bloß mit Valentin Sander sprechen könnte! Es muß eine Panikhandlung gewesen sein. Ihm muß alles über den Kopf gewachsen sein. Er hat immer gesagt, von seinen Söhnen tauge keiner so recht für das Geschäft. Moritz vielleicht noch am ehesten, doch auch der wollte ursprünglich in die Reederei seines Onkels Feddersen einsteigen. Außerdem ist Moritz gerade mal sechsundzwanzig. Hat eben erst sein Diplom gemacht. Wie soll ich das, bitte, den Banken erklären, daß der jetzt hier der Chef sein soll?«
Frohwein wandte sich beschwörend an Stoever und Brockmoeller: »Sie haben wirklich keinen Hinweis, wo Valentin Sander sein könnte? Warum durchsuchen Sie nicht die Wohnwagen der Zigeuner? Das hätten Sie längst tun müssen. Finde ich. Der Notar sagt, es habe in dem Raum nach Knoblauch gerochen. Es sei mit Sicherheit ein Wohnwagen gewesen. Also – ich verstehe Sie wirklich nicht.«
»Herr Frohwein«, sagte Stoever beruhigend. »Wir waren natürlich schon da draußen. Aber selbst, wenn sich Sander bei denen

aufhält, dann finden wir ihn dort nicht, das weiß ich. Aber Sie haben recht, ein bißchen Beunruhigung kann nichts schaden. Werden wir machen! Ja, Frau Stoll, nun hätte ich gern noch ein Gespräch mit Ihnen.«

Frohwein erhob sich sofort. »Wenn ich irgendwie helfen kann, bitte! Dieses schöne alte Haus. Dieses schöne, gediegene Unternehmen. Es wäre furchtbar, furchtbar...«

Kopfschüttelnd war er hinausgegangen. Frau Stoll sah ihm nach. »Für ihn ist es ein Schlag.«

Brockmoeller verstand sofort, was sie meinte. »Ist doch klar. Er, lebenslänglich der zweite Mann, und das erstklassig! Einem erstklassigen zweiten Mann wird durch die Umstände die Chance zugespielt, der erste zu werden. Und wenn es fast so weit ist, ist es wieder nichts.«

»Du steigerst dich ja richtig hinein... bis zur Identifikation.« Stoever sah Brockmoeller verwundert an.

Brockmoeller überhörte die Bemerkung und fragte Regina Stoll, ob Valentin Sander den Herrn Frohwein nicht gut behandelt habe.

»Er war oft selbst schlimm dran. Darunter hatten wir dann alle zu leiden.«

»Sie auch?«

»Ich habe mir nichts gefallen lassen. Ich habe ihn, wenn er den Zigeunerprimas spielte, einfach ausgelacht.«

Brockmoeller vermutete, daß Frohwein sich das wohl nicht getraut habe. »Obwohl er sich das doch viel eher hätte leisten können«, setzte Stoever hinzu.

Frau Stoll erklärte leise mit einem Blick in Richtung Büro Frohwein: »Frohwein ist autoritätsgläubig. Ich nicht. Mir imponiert alles eher als Autorität.«

»Das glauben wir Ihnen aufs Wort, nicht wahr, Peter?« sagte Stoever lächelnd zu Brockmoeller.

Regina Stoll wußte nicht so recht, was sie von diesem Einverständnis der beiden Kommissare halten sollte. Es war ihr auch nicht so wichtig, wichtig war nur, was diese beiden hier woll-

ten. Daß sie nicht zum Kaffeetrinken hergekommen waren, war ihr klar. Und da fragte Stoever auch schon:
»Warum hat Sander diese Malerin getötet?«
»Ach. Hat er?«
»Warum verbirgt er sich sonst?«
»Er glaubt nicht, daß Sie den fangen, der es wirklich getan hat. Und er weiß, daß Sie sich deshalb an ihn halten, den Zigeuner.«
»Wie kommen Sie darauf?«
Regina Stoll goß Kaffee nach, bot Sahne und Zucker an. Es zeigte sich, daß sie auch einen edlen Marc de Champagne vorrätig hatte, von dem sie drei Gläser servierte, ohne lange zu fragen. Sie selbst nahm als erste einen Schluck.
»Wenn Sie neunzehn Jahre einen Zigeuner als Chef haben«, erklärte Frau Stoll, »dann wissen Sie, wie mißtrauisch ein Zigeuner ist. Sein muß. Das sind Erfahrungen. Uralte. Valentin Sander hat niemandem vertraut. Er hat darunter gelitten, daß er Herrn Frohwein nicht vertrauen konnte. Selbst nach so vielen Jahren nicht. Und Frohwein hat sich wirklich aufgeopfert, angeboten, angebiedert. Herr Sander blieb auf Distanz. Auch mir gegenüber. Er hat immer gesagt, wenn ich bei Ihnen anfange, Regina, und bei Ihnen müßte ich anfangen, dann vertrau ich morgen schon einem zweiten, also bin ich übermorgen verloren. Aber eins, meine Herren, können Sie mir glauben, Valentin Sander bringt keinen um.«
Stoever hatte den Hochprozentigen getrunken und nickte anerkennend. »Das ist Ihre Meinung. Eine freundliche Meinung. Aber auch nichts weiter als das.«
Regina Stoll schien keineswegs beleidigt. Sie fragte Stoever, ob sie sie begründen dürfe, ihre Meinung.
»Aber ja.«
»Herr Sander hat sein Leben zum Schluß als verfehlt empfunden. Ihm bleibe nur noch, dafür zu arbeiten, daß das seinen Söhnen nicht passiere, hat er mir gesagt.«
»Und dann läßt er die Familie sitzen«, stellte Brockmoeller trocken fest.

»Eine Kopflosigkeit.« Regina Stoll fiel ein Vergleich ein: »Wie Fahrerflucht nach einem Unfall. Er kommt zurück. Ganz sicher. Außer seinen Söhnen gibt es für ihn buchstäblich nichts.«
Als das Telefon läutete, meldete sich Regina Stoll und gab den Hörer dann Paul Stoever. »Es ist für Sie, Herr Kommissar.«
Stoever wurde offenbar über Wichtiges unterrichtet, denn sein Gesicht veränderte sich, wurde kühl, angespannt.
»Ja... Ach... Nein, nein. Und trotzdem. Offenbar war ich auch schon... voreingenommen. Danke. Bis gleich.« Er legte den Hörer auf, schaute Frau Stoll in die Augen: »So, Frau Stoll, die Fingerabdrücke an dem Messer, mit dem die Tat begangen wurde, stammen mit absoluter Sicherheit von Valentin Sander.«
Regina Stolls sorgfältig geschminktes Gesicht verfiel sichtlich. Ihr fröhliches Selbstbewußtsein verließ sie für eine Schrecksekunde, in der sie laut und entsetzt »Nein« schrie. Doch sie faßte sich sofort wieder.
»Das ist mir egal. Fingerabdrücke oder nicht. Ich weiß es. Ich kann mich darauf verlassen. Neunzehn Jahre, Herr Kommissar.«
Es war, als riebe Stoever sich die Hände, als er sagte: »Jetzt geht es los. Leider. Immer wieder ertappt man sich dabei, daß das falsch ist, einen einfach nicht für den Täter halten zu wollen. Mir geht es wie Ihnen. Aus anderen Gründen. Was ist das bloß für ein verfluchter Zirkel. Der Zigeuner darf es nicht gewesen sein. Weil sonst die ganzen Vorurteile stimmen, nicht wahr. Aber er kann es doch genauso gewesen sein. Er hat doch dieselbe Verfehlens-Chance wie jeder andere. Er darf es doch gewesen sein, Frau Stoll. Oder nicht?«
»Er darf«, sagte Frau Stoll nachsichtig, »er darf, aber er ist es nicht gewesen.«
Brockmoeller warf ein, daß es ja schließlich auch Georg gewesen sein könne.
»Georg?« fragte Frau Stoll wegwerfend, mitleidig. »Der kann einem leidtun.«

Stoever war aufgestanden, hatte sich noch einmal genau die Marke des Hochprozentigen angesehen. Dann stellte er die Flasche zurück und sagte zu Frau Stoll mit freundschaftlicher Nachsicht: »Mit lauter Leuten, die einem leidtun können, kommen wir nicht weiter. Auf Wiedersehen, Frau Stoll, vielen Dank.«

Kapitel XII

In Bleichertz' Haus am Sievekingplatz wurden Stoever und Brockmoeller von Bleichertz' Sekretär, Herrn von Strehlitz, empfangen. Bleichertz war offenbar Surrealismus-Sammler. Gleich neben dem Treppenaufgang hing ein Friedrich Schröder-Sonnenstern. »Mann, da graust's einem ja«, meinte Brockmoeller im Vorbeigehen leise zu Stoever. Vor einem Bild von Paul Delvaux blieb Stoever verblüfft stehen. »Sieh dir das an, Peter, diese Frau sieht doch aus wie Ragna Juhl.« Der Delvaux zeigte eine Straßenbahn in Ephesus, die an einem roten Tor vorbeifuhr. Eine blonde, walkürenhafte, sehr junge Frau bückte sich zu einer kleinen Rose hinab, die auf das Pflaster der Straße gefallen war. Brockmoeller wies auf ein Bild von Dali. »Der Bleichertz muß ja die große Kohle haben.« Bronzestelen gab es zu sehen, auch rätselhafte Skulpturen, deren Glieder verrenkt waren oder von Dornen umhüllt. Beide, Stoever und Brockmoeller, blieben so lange vor einer »elektro-sexuellen Nähmaschine« stehen, daß der Sekretär schließlich hüstelte und sie bat, doch weiterzukommen.
Auch die Bilder im Salon waren eher zum Gruseln als zur Behaglichkeit geschaffen. Überall nackte Busen, aber immer ins Traumatische und Verhexte gesteigert. Einer Nackten war der Körper aufgeschlitzt und mit Dornen wieder verschlossen. »Wirklich ein Gruselkabinett. Der Bleichertz muß eine Phantasie haben wie ein Nachtmahr«, stellte Brockmoeller leise fest.
Herr vor Strehlitz war gegangen, fast beleidigt, denn er hatte die banausenhaften Kunstanalysen der beiden Kommissare wohl gehört.
Bleichertz kam, nickte, schenkte sich sofort einen Whiskey ein und bot auch Stoever und Brockmoeller davon an.

Stoever winkte ab. »Sie waren ja nun der letzte, Herr Bleichertz, der sie noch lebend, und der erste, der sie als Tote gesehen hat.«

»Wenn Sie den Mörder ausklammern.«

»Ja. Natürlich. Den klammern wir immer aus. Am Anfang. Gegen zwei Uhr nachts haben Sie sich von Ragna Juhl getrennt?«

»Stimmt.«

»Und das war vor der MINI-Bar?« will Brockmoeller wissen.

»Stimmt.«

»Sie haben Sie nicht heimgebracht in die Lampesiusstraße?«

»Stimmt.«

Brockmoeller wurde langsam ungeduldig. Ihm ging dieser arrogante Bleichertz auf die Nerven. Mitsamt seinen abscheulichen perversen Bildern. Warum tat der nur so arrogant? Der war doch wie verrückt hinter der Malerin her gewesen. Und jetzt tat er souverän und großspurig.

»Warum haben Sie Frau Juhl denn nicht heimgebracht? Entschuldigen Sie –, aber das ist einfach eine Frage nach dem, was üblich wäre.«

Bleichertz trank seinen Whiskey in einem Zug aus und sagte verächtlich: »Üblich!«

»Auch keiner der anderen Herren hat Frau Juhl heimgebracht. Herr Frohwein oder Herr Mayer-Nagel, der Galerist?« fragte Brockmoeller wütend.

»Ragna Juhl war keine Frau, die man einfach heimbringen konnte«, belehrte Bleichertz Brockmoeller kühl, »sie wollte ein Taxi und allein heimfahren.«

Stoever sah Bleichertz erstaunt an: »Und dann sind Sie doch noch hin. Morgens um vier.«

»Stimmt.«

»Warum?«

»Das ist für Sie unwichtig. Ich habe getan, was von mir erwartet werden kann, ich habe sofort die Polizei gerufen.«

Stoever sah Bleichertz nachdenklich an, seinen gewölbten

Bauch, den verhältnismäßig kleinen Kopf, der auf diesem umfangreichen Körper saß und ohne Hals aus ihm herauszuwachsen schien. Bleichertz hatte helle Augen mit überraschend langen Wimpern. Beim Sprechen zog sich sein Mund säuerlich zusammen, was den Mann nicht gerade anziehender machte. Und doch – irgendwas war an dem Dicken faszinierend, Stoever wußte nur noch nicht, was. Er hatte Zeit zum Nachdenken, denn Brockmoeller schien sich jetzt an Bleichertz festzubeißen.

»In einem Gespräch mit Herrn Mayer-Nagel konnte man den Eindruck gewinnen, es habe Spannungen gegeben.«

Bleichertz verzog seinen Mund womöglich noch säuerlicher und fuhr Brockmoeller an: »Ich sage Ihnen doch, es ist unwichtig für Sie.«

»Wir müssen uns leider auch mit Unwichtigem abgeben. Das muß man doch einem Mann wie Ihnen nicht erklären. Vielleicht ist, was Sie uns nicht sagen wollen, nicht nur unwichtig, sondern auch noch peinlich. Also, bitte, jetzt genieren Sie sich doch nicht am falschen Platz!«

Stoever mischte sich ein: »Entschuldigen Sie bitte, Herr Bleichertz, mein Kollege leidet zur Zeit an einer bösen Zahngeschichte. Das macht ihn… energischer, als er sonst ist.«

Bleichertz wußte nicht recht, ob er sich von Stoever veräppelt fühlen sollte oder nicht. Jedenfalls sollten sie ihn mit ihrer Fragerei in Ruhe lassen. »Nur daß Sie's wissen: Ich bin kein Freund des Gesellschaftsspiels Justiz. Ich habe immer selbst dafür gesorgt, daß ich zu meinem Recht kam. Aber Sie gehen ja doch nicht, bevor Sie nicht alles wissen, was Ihnen nichts bringt. Ja. Ich hatte Streit mit Ragna Juhl. Sie hat behauptet, ich sei nur an der Malerin interessiert, nicht aber an ihren Bildern. Das sehe sie an dem, was ich sammle, Surrealismus. Da passe sie überhaupt nicht hinein. Ich gab ihr recht. Sagte aber, daß ich mich durch sie gern fortentwickeln lassen würde. Warum, sagte ich, muß ich denn beim Surrealismus stehenbleiben. Sie meinte, das sage ich nur, weil ich sie wolle. Um ihretwillen nehme ich ihre Bilder in Kauf. Nur wenn ich vor Zeugen erklärte, daß ich nichts von ihr wolle als ihre Bilder, glaube sie mir mein Interesse für ihre Bilder. Das konnte ich nicht. Ich liebe sie. Liebte sie.«

Jetzt wußte Paul Stoever, was Bleichertz anziehend machte, trotz seines eher abstoßenden Äußeren. Stoever spürte, daß Bleichertz litt, unaussprechlich. Der Kommissar war froh, daß Brockmoeller die Vernehmung weiterführte.

»Für Ragna Juhl war das angeblich das schlimmste. Sie wollte nur einen Mann, der von ihren Bildern nichts hielt.« Bleichertz' Mundwinkel zuckten wieder abwärts. »Und sie wollte nur einen Sammler, dem die Frau, die die Bilder gemalt hat, gleichgültig ist. Da der Kunsthandel totale Männerdomäne sei, sehe sie keine andere Möglichkeit. Ich konnte nach diesem Streit nicht schlafen. Ich mußte hin. Ich wußte nicht, was ich sagen würde. Nur, daß ich den Streit nicht ertrage. Das sollte sie wissen. Den Rest werden Ihnen Ihre Kollegen von der Spurensicherung erzählt haben.«

»Sie wissen, daß Valentin Sander verschwunden ist?« fragte jetzt Stoever.

»Ja.«

»Wenn ich Sie vorhin richtig verstanden habe, ist für Sie die Frage, ob er der Täter ist oder ein anderer, eher unwichtig.«

»Stimmt.«

Stoever erhob sich aus dem sicherlich teuren und modernen, aber höchst unbequemen Sessel und erklärte, daß dies Gespräch fürs erste genüge.

»Insbesondere«, ergänzte Brockmoeller knurrig, »da Herr Bleichertz von diesem Gesellschaftsspiel nichts hält.«

»Stimmt«, sagte Bleichertz schon wieder.

Im Auto spottete Brockmoeller erbost: »Shampoo und Surrealismus!«

»Stimmt.« Stoever kopierte Bleichertz' Tonfall.

»Er war's nicht.«

»Stimmt. Selbst wenn er's war, war er es nicht.«

Brockmoeller schaute Stoever scheel an. »Kannst du mir das noch mal erklären?«
Stoever machte zuerst das Autoradio an, ließ sich dann auf seinen Sitz zurückfallen. »Ein Mann wie dieser Bleichertz tötet nicht. Der läßt töten.«
»Stimmt«, sagte Brockmoeller.

Sie fuhren zum Gänsemarkt. In einem Bürohochhaus hatte Frohwein die Dachterrassenwohnung gemietet. Im 19. Stock. Die penible Wohnung eines Junggesellen mit bemerkenswerten Wohneinfällen. So waren alle Fenster verdeckt durch verschiebbare Wände aus Japanpapier. Ein mittleres Hauszelt erwies sich als Umhüllung des Bettes, von einem Luftbefeuchter ständig umwallt. Auf der Dachterrasse stand ein mächtiges Fernrohr. So eines, wie man es an Aussichtspunkten findet. Eine schöne Aussicht auf die Stadt hatte Frohwein. Zweifellos. Vor allem auf die Innenstadt.
Frohwein war daheim offensichtlich gelöster als im Geschäft. Sein Asketengesicht zeigte deutlich Freundlichkeit. Frohwein wollte liebenswürdig sein, kein Zweifel. Und er schien sich auch nicht zu wundern, daß Stoever und Brockmoeller gekommen waren.
Stoever war gleich auf die Terrasse gegangen und machte sich am Fernrohr zu schaffen. »Das sind Panoramen, Donnerwetter.«
»Wenn man allein lebt, hat man Zeit für Panoramen«, sagte Frohwein zurückhaltend.
Stoever trat wieder zurück ins Wohnzimmer, betrachtete Bücher, Bilder, schaute in den angrenzenden Schlafraum, wo es um das eigenartige Zelt waberte. »Ja, Herr Frohwein, ich glaube, wir stehlen Ihnen gar nicht soviel Zeit...«
Frohwein wies auf eine Sitzgarnitur, die aus durchsichtigem Material bestand, in dem man bunte Bälle erkennen konnte. »Aber hinsetzen dürfen Sie sich schon.«
Etwas mißtrauisch ließen sich Stoever und Brockmoeller in

den transparenten Sesseln nieder. Die sahen aus, als wäre Wasser drin. Frohwein versicherte jedoch, es sei nur Luft.
»War mal so eine etwas mißglückte Einkaufskampagne von mir. Italien. Hatte mir unglaublich gut gefallen. Soviel Transparenz, soviel Leichtigkeit. Wir Deutschen immer mit unserer Eiche. Aber kein Mensch hat die Dinger gekauft, da hab ich sie genommen, als ich hier eingezogen bin.«
Stoever fragte, ob Frohwein heute früher nach Hause gegangen sei.
Frohwein stotterte ein wenig herum. »Ja. Das heißt, nein. Normalerweise bin ich um diese Zeit schon hier. Nur jetzt, bis Herr Sander Junior sich eingearbeitet hat, wird es später.«
»Und nun kommen wir auch noch«, meinte Stoever mit geheuchelter Reue.
Frohwein setzte sich seufzend in den dritten transparenten Sessel. Der dünne Mann saß, als schwebte er. Unruhig rutschte er hin und her. »Ich weiß nicht, was ich Ihnen erzählen soll. Wir sind fast am Ende. Bankrott. Schon die ganze Zeit. Ich habe in den letzten drei Jahren nichts anderes getan, als Kredite beschafft. Und jetzt das. Ist doch klar, daß die Banken jetzt nervös werden. Nein, nervös sind sie ja schon. Jetzt werden sie hysterisch. Das ist das Ende. Es sei denn, ich kriege sie dazu, mir eine letzte Frist einzuräumen. Ehrlich gesagt, es würde mich reizen. Wenn man bald dreißig Jahre in einem Haus arbeitet...«
»Dreißig Jahre! Donnerwetter«, staunte Brockmoeller verlogen, denn Frohwein hatte das ja bereits erzählt, als sie bei ihm im Büro waren. Doch Brockmoeller trieb seine Verlogenheit noch weiter: »Und immer mit Sander? Immer der zweite Mann?«
Frohwein ging ihm auf den Leim. »Von wegen. Ich war vor ihm da. Carl Friedrich Sander hat ihn ja in Basel und München ausbilden lassen. Als Valentin Sander ins Geschäft eintrat, war ich schon mit meiner Lehre fertig.«
»Sie sind sicher nicht gut ausgekommen miteinander?« fragte Brockmoeller scheinheilig.
»Solange der alte Herr Sander lebte, ging es. Der mochte mich.

Er hatte ja keine Kinder. Und mein Vater ist 1951 im Ausland gestorben. Der alte Herr Sander hat mich behandelt wie einen Sohn. Mit seinem Adoptivsohn Valentin habe ich mich zusammenraufen müssen. Er hat sich oft so aufgeführt, wie Klein Mäxchen sich den großen Boß vorstellt. Der alte Herr Sander hat es gut gemeint. Er hing so an seiner Schwester. Das Fräulein Doktor Sander hat ja den Zigeunerjungen ins Haus gebracht. Manchmal glaube ich, sie haben den Jungen als Kind betrachtet, das sie als Geschwister ja nicht haben konnten. Entsprechend verhätschelt haben sie ihn. Vor allem das Fräulein Doktor ist schuld daran. Sie hat den Valentin... vergöttert.«

Stoever versuchte indessen, die bunten Bälle in seinem transparenten Sessel zum Kullern zu bringen. Es gelang ihm durch entsprechende Rutschbewegungen tatsächlich. Ohne damit aufzuhören, fragte er Frohwein: »Wie beurteilen Sie die Beziehung Sander – Juhl?«

»Ein Unglück. Von Anfang an.«

»Woher kannte Valentin Sander sie eigentlich?«

»Das ist es ja. Durch mich. Das muß ich mir vorwerfen. Ich wollte einfach etwas tun für diese junge Künstlerin. Deshalb habe ich Sander auf sie aufmerksam gemacht. Er hätte ja ein Bild kaufen können. Aber dann verliebt er sich gleich, macht eine Ausstellung, will sich scheiden lassen... das ist Valentin Sander. Immer ins Extrem.«

»Und Ragna Juhl war dafür zu haben?«

Frohwein schaute auf die Terrasse, er schien abwesend, sah für einen Moment lächerlich fremd und einsam aus auf seinem Designer-Sessel, dachte Stoever. Aber dann sprang Frohwein auf, war wie beschwingt, und seine kleinen Augen glitzerten, als er sagte: »Wissen Sie was... ich bin ein leidenschaftlicher Hobbyfilmer... ich gehe den Leuten schon auf die Nerven, weil ich überall mit meiner Kamera auftauche... Wenn Sie wollen, nehmen Sie doch einfach ein paar Kassetten mit. Da ich auch noch ein Pedant bin, könnte ich Ihnen im Handumdrehen alle Kassetten herschaffen, auf denen die schöne Ragna auftaucht. Falls das überhaupt interessant ist für Sie.«

»Das wäre eine große Hilfe«, sagte Stoever höflich.

Frohwein ging in einen Raum nebenan, ließ aber die Tür offen, so daß Stoever hinter ihm herrief, ob er glaube, daß Valentin Sander die Malerin umgebracht habe.

Frohwein rief von drinnen zurück: »Ich würde sagen – nein. Aber warum flieht einer?«

»Und wohin flieht so einer?«

»Entweder in den nächsten Wohnwagen oder nach Südamerika.«

»Wieso Südamerika?« wollte Brockmoeller wissen.

»Da fällt er nicht auf«, rief Frohwein, »da ist er endlich kein Zigeuner mehr. Der arme Nanosh.«

Brockmoeller und Stoever schauten einander an, wobei Brockmoeller auf seine Armbanduhr tippte und auf seine Zähne wies. Stoever machte jedoch nur eine tadelnde Kopfbewegung und fuhr fort, den im Nebenzimmer Kassetten Suchenden zu befragen.

»Hat Sander darunter gelitten?«

»Und wie! Er war krankhaft mißtrauisch. Er hat einfach angenommen, man nehme es ihm übel, daß er ein Zigeuner ist. Heute ist natürlich jeder erhaben über solchen Rassismus. Klar. Ich auch. Aber wer praktisch zu tun hat mit anderen Rassen, im Alltag, der weiß, daß es Verschiedenheiten gibt.«

Stoever stand auf und ging auf die Tür zu, hinter der Frohwein kramte und raschelte. »Hat Valentin Sander Nachteile gehabt dadurch?«

Frohwein drehte sich zu Stoever um, er hatte Film-Kassetten in der Hand, suchte aber noch eine. Er lächelte Frohwein zu. Dann sagte er, daß sein Chef nicht die geringsten Nachteile gehabt habe. »Im Gegenteil. Sie kennen doch die Sentimentalität der Leute. Schwarzer Zigeuner und so. Er hatte nur Vorteile davon. Vom Fräulein Doktor Sander an. Ein ganzes Kaufhaus hat es ihm gebracht, sein Zigeunertum. Er kann sich nicht beklagen.

Aber er hat dauernd gefürchtet, gleich sei es aus, die Gunst des Schicksals werde entzogen, schlage um ins Gegenteil. Er hatte ein schlechtes Gewissen. Er hat offenbar immer geglaubt, er werde über Wert gehandelt. So etwas zermürbt. Dann kommt diese Blondine, da hat er vollends das Augenmaß verloren. Aber das sehen Sie vielleicht auch auf den Kassetten. Ich hoffe, ich war ein Kameramann mit ein bißchen Gefühl für das Unsichtbare, das allem Sichtbaren zugrunde liegt.«

Frohwein gab die Kassetten jetzt Paul Stoever, der immer noch in der Tür stand. Frohwein bemühte sich wieder sichtlich um besondere Liebenswürdigkeit.

»Meine Herren, es hat mich gefreut. Für Nachfragen steh ich gern zur Verfügung.«

Stoever steckte die Kassetten ein. »Wir sind Ihnen wirklich zu Dank verpflichtet, Herr Frohwein.«

Auch Brockmoeller versicherte, daß Frohwein ihnen eine große Hilfe sei.

Frohwein wehrte ab. »Ich hoffe nur, Sie halten mich jetzt nicht für einen Rassisten. Aber stellen Sie sich vor – wenn zu einer Chef–Angestellten-Spannung auch noch ein Rassenunterschied kommt! Man bucht x-beliebige Querelen dann auf das Konto Rasse. Da können Sie noch so aufpassen. Ich weiß das aus Erfahrung. Und ich habe mich immer bemüht, das zu kontrollieren, es mir nicht so einfach zu machen. Mir reicht, was meinem Vater passiert ist. Im Ausland. Aber Herr Sander hat es mir auch nicht immer einfach gemacht.«

Beim Hinausgehen sah Brockmoeller konzentriert auf seine Schuhe, so als bekäme er von ihnen Impulse beim Nachdenken. Er hob dann auch den Kopf und fragte Frohwein: »Armer Nanosh haben Sie ihn vorher genannt. Auch in der Presse wird er jetzt schon so geführt. Zum ersten Mal von einem Journalisten, der mit Ihnen gesprochen hat.«

»Das ist mir wahrscheinlich herausgerutscht«, entgegnete Frohwein. »Schon Mitgefühl ist eine Art Rassismus. Wo zwei Rassen aufeinander treffen, wird jede Empfindung rassistisch.

Sander selber hat ja auch versucht, alles Zigeunerische zu verdrängen. Er war selber rassistisch. Gegen sich. Schon aus Geschäftsräson. Klar.«

Brockmoeller hatte zwar nicht begriffen, wie Frohwein das meinte, sagte aber auch: »Klar! Also. Vielen Dank nochmals. Wir freuen uns auf Ihre Filme.«

Schon an der Tür, drehte sich Stoever noch einmal um. Offenbar hatte er an der Tür immer die besten Ideen. »Ach... nur so eine Äußerlichkeit noch, zur Vervollständigung: Ihr Vater, gestorben...«

Es war, als hätte Frohwein auf diese Frage gewartet, so unvermittelt kam seine Antwort. »1951. In Polen. Im Gefängnis. Sie wissen vielleicht, wie wenig genügte, um 1945 zehn Jahre aufgebrummt zu kriegen. Es genügte, ein deutscher Polizist gewesen zu sein. In Krakau. Doch lassen wir's. Aber für mich war es... eine Lehre.«

Brockmoeller war schon am Lift. Als fürchtete er, daß Frohwein die Geschichte mit seinem Vater noch ausführlicher schildern würde. Entschlossen drückte Brockmoeller auf den Lichtknopf und rief Frohwein nochmals ein Dankeschön zu.

Frohwein deutete eine kleine Verbeugung an. »Keine Ursache.«

Stoever tippte mit dem Finger an einen imaginären Hut. »Bis bald.«

Kapitel XIII

Paul Stoever saß noch allein im Filmvorführraum des Polizeipräsidiums. Der Sekundenzähler eines Video-Recorders hakte die Zeit ab. Das Videogerät, die Kassetten, der Monitor, alles war zur Vorführung bereit. Stoever hatte sein Sakko über den Stuhl gehängt, es war warm im Raum. Er hatte Mühe, nicht einzuschlafen. Endlich kam Brockmoeller, er war mit Neuigkeiten aufgeladen und hielt Stoever Fotokopien von Briefen hin.

»Entschuldige, daß ich so spät komme, Paul. Aber ich konnte nicht aufhören mit dem Lesen. Die Briefe an Ragna Juhl. Mannomann. Die Frau hatte Wirkung. Sander, Vater und Sohn. Hier eine Auswahl in Kopie. Georg Sander muß uns leider interessieren.«

Stoever winkte müde ab. »Aber bitte erst nach dem Abitur.«

Überlegen antwortete Brockmoeller: »Wenn ich seine Briefe richtig lese, braucht er, wo er hinkommt, kein Abitur.«

»Abitur schadet nie«, sagte Stoever desinteressiert und gab das Zeichen an die Technik, daß es losgehen konnte mit der Vorführung von Frohweins Filmen. »Ab, bitte.«

Der erste Film zeigte, wie Valentin Ragna Juhl durch die Möbelabteilung führte. In den Saal, den er für ihre Bilder ausräumen lassen wollte. Für ihre Ausstellung. Valentin wirkte ungewöhnlich lebhaft und heiter. Er haßte seine Möbelabteilung. Er würde froh sein, diese langweiligen Sofas und Schränke und Betten draußen zu haben. Platz für Ragnas Bilder! Er war offenbar schon sehr verliebt, mußte das aber ausdrücken in der Begeisterung für ihre Bilder und für das Projekt: Kunst im Kaufhaus. Der Film zeigte nur jähe Gesten, Reaktionen: ein exaltierter Valentin. Seine Aufgeregtheit wirkte wie eine einzige Liebeserklärung. Ragna lachte. Sie wehrte ab. Der Ton war fragmentarisch und nachhallend, fast immer disproportioniert zu den Bildern. Man hörte Valentin, wenn man Ragna sah oder umgekehrt. »Nein, nein, alles, gar alles fliegt raus! Glauben Sie, ich werde Ihre Bilder mit diesen Möbeln beleidigen!« Ragna: »... und diese Betten... darin möchte man nicht einmal gestorben sein.« »Wann sehe ich Ihre Bilder?« fragte Valentin, und Ragna lachte verschwörerisch: »Morgen. Heute. Jetzt.« Valentin: »Jetzt.« Ragna: »Gleich?« Valentin: »Tut's Ihnen schon leid?« Ragna: »Überhaupt nicht. Kommen Sie!« Valentin strahlend in Richtung Kamera: »Frohwein, bis morgen!« Ragna warf Frohwein einen Kuß zu! Die beiden gingen. Im Hof stiegen sie in ein Auto. Kavaliersstart.

Stoever winkte zum Vorführraum: »Gleich der nächste Film, bitte.«

Es war der Film, der bei der Vernissage gedreht worden war, wieder eine tendenziöse Bildfolge. Während Valentin sprach, schwenkte die Kamera auf Ragna, die zuhörte und ein bißchen grinste, fing Georgs leidenschaftliches Gesicht ein. Die Wut des Vaters. Karins Trostlosigkeit. Den Zorn des Ältesten, Moritz. Dann war der werbende Bleichertz zu sehen. Die spöttische, lachende, sich allen entziehende Ragna. Der ihr nachrennende Valentin. Die Folge ging über in die Mini-Bar. Bilder vom Mäntelholen. Valentin, der Ragna beobachtete. Sie flirtete mit Bleichertz und zwei anderen Männern. Die Kamera folgte ihr wie süchtig nach Ragnas Körper.

Und immer wieder auch der Schwenk auf Valentin Sander. Man verstand nicht, worüber gesprochen wurde. Musik und Gelächter waren zu laut. Frohwein zeigte Valentin, der zuletzt die Mäntel holte und alles auf eine Karte setzte: Entweder blamierte sie ihn, oder sie ging mit. Sie ging mit. Danach hörte der Film auf. Frohwein war nicht an Bildern ohne Valentin und Ragna interessiert. Frohweins Bilder waren eine hektisch-tendenziöse Version dessen, was geschehen war. Gegen diesen Expressionismus war das Leben Tagesschau.

Das Licht ging an.

Brockmoeller sagte als erster etwas: »Der kann einem leidtun.«
Stoever nickte, er war noch mit den Bildern des Films beschäftigt.
»Komisch, nicht wahr«, sagte er mehr zu sich selbst.
Brockmoeller erinnerte sich an das, was Frohwein über sich und seine Arbeit als Kameramann gesagt hatte: »Das Unsichtbare, das allem Sichtbaren zugrunde liegt.«
Stoever schaute Brockmoeller grübelnd an: »Ich seh das umgekehrt. Das Sichtbare, das allem Unsichtbaren zugrunde liegt.«
Brockmoeller verlangte knurrig, daß Stoever bitte im Klartext reden solle.
Und Stoever begann folgsam: »Das Komische...«, doch dann besann er sich und schaute seinen Kollegen wieder mit dem üblichen wohlwollend herablassenden Lächeln an: »...nein, das sage ich nicht. Ich will mir, solange wir nichts wissen, deine Unvoreingenommenheit erhalten.«
Unter anderen Umständen wäre Brockmoeller jetzt wieder einmal wütend auf Stoever gewesen, doch diesmal hatte er keine Zeit, sich mit seinen Minderwertigkeitsgefühlen aufzuhalten. Denn er war dabei, sie zu überspringen. »Jetzt darf ich einmal bei dir den Entwicklungshelfer spielen. Komm! Höchste Zeit.«
Brockmoellers Leidensgesicht war erhellt von einer Idee, die er verwirklichen wollte, ob mit oder ohne Paul Stoever. Im Hinausgehen hangelte er sich in seinen Mantel, Stoever sah dem Aufbruch seines sonst eher zart agierenden Kollegen kurz zu, dann rannte er Brockmoeller nach, der schon am Steuer des Wagens saß und den Anlasser bediente.
Brockmoeller fuhr Richtung Altona, bog plötzlich scharf ab, und sie gelangten in ein aufgelassenes Industriegelände, stellten das Auto ab vor einer Fabrikhalle, in der noch ein paar alte Maschinen standen. Doch eine Art Podest zeigte schon, was hier offenbar geplant war. Auf der Bühne übte Georg Sander mit

seinem Zigeunerquintett: Baß, zwei Gitarren, eine Geige, ein Akkordeon. Sie spielten einen Flamenco, und Georg, an der Gitarre, sang: »*Ya viene la requisa, ya suenen las llaves, Y asi me llora mi corasionito gotitas de sangre.*«
Die jungen Sinti hatten die Beamten kommen sehen, kein Zweifel. Auch wenn sie so taten, als hätten sie nichts bemerkt. Paul Stoever hielt sich im Hintergrund, Brockmoeller grüßte und fragte Georg, was das denn hieße, was er da singe. Freundlich übersetzte Georg: »Das heißt: Schon kommt der Schließer, schon klirren die Schlüssel...«
Die Sintimusiker grinsten, Brockmoeller ging zurück zu Paul Stoever, der ihm Vorwürfe machte, daß er die Probe unterbrochen hatte. »Ich hab dir doch gleich gesagt, daß es besser wäre, wenn wir uns zurückziehen. Aber – Schmelz hat der junge Sander, das ist sicher.«
Brockmoeller war aufgebracht, daß seine Ideen und Energien ins Leere liefen. Er begriff Stoevers zögernde Haltung nicht. »Wir hätten ihn gleich mitnehmen müssen«, sagte Brockmoeller drängend. »Lies doch die Briefe, die er der Malerin geschrieben hat. Dann fragst du dich nur noch: wie hat der Junge das geschafft, die Fingerabdrücke seines Vaters an den Messergriff zu bringen!«
Stoever nahm Brockmoeller fast wie tröstend um die Schulter. »Wir müssen ihn unterbringen bei uns. Das ist vollkommen richtig. Aber nur deshalb, damit der Vater zu uns herfindet. Fingerabdrücke sind schließlich nicht transportierbar. Wenn wir Regina Stoll glauben, daß für Valentin Sander seine Söhne das Wichtigste sind, dann brauchen wir jetzt Georg. Ist übrigens das Abitur vorbei?«
»Für ihn sowieso. Geschmissen«, sagte Brockmoeller mürrisch.
»Kann er sich leisten«, meinte Stoever, »Abitur braucht nur, wer sonst nichts kann.«
Brockmoeller fragte zwangsläufig: »Du hast Abitur?«
Stoever gab das zu. »Und daß Georg bei uns ist, erfährt keiner.

Sander muß es über die Familie erfahren, daß wir Georg verdächtigen. Dauert ein paar Stunden länger als über die Presse, aber das sind wir dem jungen Musiker schuldig. Die Presse ist sowieso schon ganz schön geil. Hier, hab ich heute morgen gelesen.« Stoever zeigte Brockmoeller eine Schlagzeile in der Zeitung **WACHSENDER UNMUT GEGEN LANDFAHRER!** »So macht man die Stimmung, über die man angeblich berichtet«

Kapitel XIV

Paul Stoever und Peter Brockmoeller saßen wieder im Vorführraum. Paul Stoever gähnte häufig, er hatte schlecht geschlafen und haderte wieder mal mit sich, daß er keinen ordentlichen Beruf erlernt hatte. Einen, in dem man sich nicht unablässig mit den Hirnwindungen und grauen Zellen seiner Mitmenschen befassen mußte. Verdrossen sagte Stoever zu Brockmoeller: »Das ist der letzte Film, den ich mir anschau.«
Brockmoeller gab dem Filmvorführer gerade das Zeichen »Film ab« und bemerkte: »Das ist auch der letzte, den wir haben.«
Es folgten Bilder von der zweiten Vernissage. Wieder verstand man nach Bleichertz' Einführung keinen Text mehr. Diesmal wurde noch krasser deutlich, daß Valentin Sander sich in eine unglückliche Leidenschaft verrannt hatte und daß Ragna Juhl kein bißchen Rücksicht auf ihn nahm. Der Höhepunkt der Konfliktentwicklung zwischen Valentin und Ragna erschien erreicht, als Sander Georg vor der Malerin rettete. Zurück blieb eine lachende Ragna. Aber keine glückliche. Sie gehörte jetzt Bleichertz, das sah man. Und ihr schien das auch nicht zu passen.
Der Film hatte Stoevers Stimmung nicht aufhellen können.
»Ja, ja, ja. Klar, nicht wahr…« meinte er trübselig.
»Und daß wir den Sohn zur Geisel machen, verstehst du… warum tun wir das?!«
»Damit der Vater eintrudelt.«
Stoever schaute Brockmoeller jetzt prüfend an: »Ja, aber das würden wir bei einem Nichtzigeuner nicht tun. Nicht wagen.«
»Aber wohl bei einem Volk mit bunten Unterröcken.«
»Aber«, äffte Stoever den vorwurfsvollen Ton Brockmoellers nach. »Erstens fühle ich mich den Tarn- und Verbergungserfah-

rungen der Roma und Sinti nicht gewachsen. Zweitens: wenn ich den Vater so zwinge, sich zu stellen, vermeide ich eine Großfahndung in allen Roma- und Sintiquartieren der Republik.«
Stolz, daß er Stoever zu solchen Verteidigungsreden herausfordern konnte, stellte Brockmoeller fest: »Also doch kein Rassist.«
»Es ist wahnsinnig, wie schnell man einer ist oder vielleicht keiner ist, aber das Gefühl hat, man müsse sich als einer vorkommen. So und jetzt...«
»Wohin?«
»Ach nur so... um die Stimmung aufzufrischen. Die Tatortstimmung.«

Sie stapften die Stufen zu Ragnas Wohnung hinauf. Brockmoeller heute etwas heiterer als beim letztenmal, denn ihn beflügelte der Gedanke an Iris. Gestern, beim Geburtstagsessen eines Kollegen, war sie ihm begegnet. Seine Tischdame. Schon nach der Suppe wäre er gern mit ihr allein in einer gemütlichen Kneipe gewesen. Iris' schöne Zähne, ihre Augen, grünbraungesprenkelt, die Wärme und das Interesse, mit dem sie ihn anschaute – Brockmoeller konnte es gar nicht fassen. Ohne jede Scheu, dabei aber keineswegs distanzlos, erzählte ihm Iris, daß sie gerade aus einer sieben Jahre dauernden Beziehung herausgefunden habe. Daß sie sich jeden Morgen dazu beglückwünsche. Und ihr zwölfjähriger Sohn, der Danny, sei ebenso erleichtert wie sie. »Was ich dem Kind zugemutet habe, nur weil ich mich nicht dazu aufraffen konnte, Schluß zu machen mit dem Typen, nur aus Angst, wissen Sie, aus Angst, wieder allein zu sein, also, was mein Danny deswegen durchgemacht hat, das weiß ich erst jetzt.«
Brockmoeller konnte es nicht fassen. Diese Frau befand sich ja in einer ähnlichen Situation wie er! Auch seine Tochter hatte unter der Ehe gelitten, viel zu lange. Und nun erzählte Brockmoeller Iris – so gut das in der Eile und mit Rücksicht auf die

Gastgeber und die anderen Gäste eben möglich war – seine Geschichte. Das Scheitern seiner Ehe, sein Leben als alleinerziehender Vater. Und Iris sah ihn ermunternd und verstehend an mit ihren grünbraungesprenkelten Augen, die ihm immer tiefer und strahlender erschienen. Natürlich war es den anderen, vor allem den Gastgebern, aufgefallen, daß es zwischen Brockmoeller und Iris ein Einvernehmen gab, das neu war und dringend näherer Erörterungen bedurfte. Und so verzog man sich beim Abschied rücksichtsvoll in die Diele und ließ die beiden miteinander allein. Brockmoellers Gefühle waren einem Veitstanz nahe. Was sollte er jetzt tun? Oder besser, was sollte er jetzt nicht tun? In seiner Begeisterung hätte Brockmoeller alles tun mögen. Zum Glück nahm Iris ihm die schier unmögliche Entscheidung ab, indem sie ihre angenehm kühlen Hände um sein Gesicht legte, ihm einen Kuß auf den Mund gab, leicht, kühl, rasch. Dann ging sie, und Brockmoeller hatte Not, nicht hinterherzurennen. Was für eine Frau. So lieb, so weich, so verständnisvoll. Und dann noch solche Courage. Dieses Format hatte er, Brockmoeller, auch. Noch in der Nacht suchte er ihre Telefonnummer. Iris Seiler. Richtig. Und sie hatte vergnügt gelacht. Ja. Er dürfe wieder anrufen. Gern.
Iris. Für sie würde er noch ganz andere Treppen hinaufsteigen. Brockmoeller hatte Iris von seinem Beruf erzählt, und sie hatte das »ungemein spannend« gefunden. Und so fand es Brockmoeller heute morgen auch spannend, mit Stoever hier hinaufzuasten. Er fand den ganzen »Fall Sander« spannend, das Leben überhaupt.
Drinnen in Ragnas Wohnung war alles so, wie es zum Zeitpunkt der Tat gewesen war. Auf dem Boden Kreidemarkierungen, wo die Leiche gelegen hatte, wo das Messer, wo ein Gürtel und wo ein Ohrring und wo ein Glas. Keine Beamten mehr. Anstelle der Gegenstände klebte jeweils ein Etikett, auf dem stand, was da gelegen hatte. Stoever schaute noch einmal alle Fotos an, die auf einer großen, von der Decke zum Boden reichenden Korkplatte mit bunten Nadeln angepinnt waren. Lau-

ter sehr große Fotos. Offenbar Ragnas Männersammlung. Wohl alle von Ragna selbst aufgenommen. Die meisten hier in der Wohnung oder im Atelier. Die letzten zwei Fotos zeigten Valentin und Bleichertz. Auf einem anderen war Georg zu sehen. Die Männer taten alle etwas. Georg spielte Gitarre, in indischem Gewand. Ein Älterer war nur mit einem Handtuch bekleidet, und fönte sich die Haare. Ein hübscher Junge tat den zweiten oder dritten Pinselstrich auf einer Leinwand. Bleichertz hatte einen ausgestopften Vogel auf den Knien, dem er gerade mit der Schere die Schwanzfedern abschnitt. Valentin hatte das Schnitzmesser und tat so, als habe er das Holzrelief ›Wellen‹ soeben vollendet. Es zeigte Frauenformen als Wellen. Teile dieser Reliefformen waren bemalt, Teile zeigten bloßes Holz.

Alle Männer schauten, als sie fotografiert wurden, in die Kamera. Sie posierten also für Ragna.

Paul Stoever zeigte auf Valentin Sander. »Da hat er das Schnitzmesser ja schon in der Hand«, sagte er zu Brockmoeller.

»Tatsächlich.«

»Mir reicht's.«

Brockmoeller ging hinter Stoever zur Tür. Der blieb noch einmal stehen, um aus dem Fenster zu schauen. Ihm fiel heute zum erstenmal auf, daß man aus Ragnas Wohnung direkt hinüberschauen konnte zu dem Hochhaus, in dem Frohwein wohnte.

Zu Brockmoeller sagte Stoever im Hinuntergehen: »Du verbringst die Nacht mit Georg. Jaa!! Ist ja eine Zweierzelle. Spätestens bei Sonnenuntergang bist du dort. Du kannst ihm ja seine Gitarre mitbringen. Der Junge ist... nicht so stabil. Der könnte auf Ideen kommen. Klar?«

Brockmoeller dachte an Iris. Er hoffte, daß sie nicht gerade heute abend auf seinen Anruf wartete. Aber er konnte sie ja rasch anläuten und ihr sagen, worum es ging. Sie schien sich ja für seinen Beruf zu interessieren. Iris. Schöner Name... Laut sagte Brockmoeller: »Vielleicht weiß der junge Sander ja was gegen Zahnweh...«

Stoever hatte verstanden. Brockmoeller wäre viel lieber daheim geblieben. Er schließlich auch. Obwohl ihm im Moment nicht unlieb war, daß ihn der Fall Sander so beschäftigte. Immer noch lieber im Amt auf einen Mörder warten als daheim auf den Anruf von Dagmar. Daß der nicht kam, wußte Stoever. Da war jede Ablenkung gut. Mit Brockmoeller wollte er allerdings darüber nicht reden. Noch nicht. Vielleicht rief Dagmar ja doch an. Oder er selber. Doch den Gedanken schob er gleich wieder weg und sagte zu Brockmoeller: »Ich muß auf Georgs Vater warten. Vielleicht die ganze Nacht. Umsonst. Vielleicht auch nicht. Alle sagen, er sei weich. Also bitte. Mein Gott, so geh doch zum Zahnarzt!«
»Wann denn, bitte?!«
»Bald, hoffe ich.«

Stoever saß an seinem Schreibtisch. Es war fast elf Uhr, und bis auf das Ticken der Uhr war es sehr ruhig im Raum. Eigentlich liebte Paul Stoever diese Nachtstunden im Amt, wo der Behördenapparat im Halbschlaf lag, während die Kriminellen für Nachschub sorgten. Polizisten waren nicht von Arbeitslosigkeit bedroht. Eher vom heulenden Elend. Zumindest wenn man sich in eine persönliche Misere hineinmanövriert hatte. War ihm der Sander deshalb so sympathisch, weil... Die Tote, diese Ragna, hatte verdammt viel Ähnlichkeit mit Dagmar. Dagmar, Ragna, schon die Namen! Daß ihm das erst jetzt aufging. So mies, wie die Juhl den Sander behandelt hatte – es erinnerte ihn an Szenen mit Dagmar. Sie war auch verletzend, konnte flegelhaft unhöflich sein, rücksichtslos. Wie die Malerin. Auch Dagmar hatte Fotos, die sie mit Kollegen in der Klinik zeigten. Weihnachtsfeier nannten die das. Dagmar in engster Umarmung mit zwei, drei Typen. Natürlich jünger als Stoever, dünner, jede Menge Haare auf dem Kopf hatten die auch. »Das geht dich nichts an. Ist doch nichts dabei.« Kommentierte Dagmar. Und dann drehte sie ungeniert den Fernseher auf. Sah ›Wetten daß‹ oder sonstwas Belangloses. Wollte Stoever mit ihr reden, drehte sie, wenn sie ganz ekelhaft war, noch lauter auf. Kein Zweifel, Dagmar war schlecht erzogen. Und sie war auch noch stolz darauf. Wenn Stoever versuchte, mit ihr über seine Gefühle zu sprechen, tat sie das als Kritik an ihrer Person ab, als Herumnörgeln. »Du bist nicht mein Lehrer und nicht mein Vater. Ich bin wie ich bin. Kann keinen Fehler entdecken. Laß das Meckern.« So sprang sie mit ihm um. Sie war die Unabhängige, Desinteressierte. Er konnte ja gehen, jederzeit. Es wäre ihr vielleicht nicht unlieb, mutmaßte Stoever. Doch dann war sie im Bett plötzlich an seiner Seite, schmeichelte, zog ihre Fäden, und er war die Marionette in ihrer Hand. Bis sie ihn wieder durch rüpelhaftes Verhalten abkühlte. So wie in dem Pub, wo sie mit einem Typen flirtete, der einen Cockerspaniel dabei hatte. Über den Hund fing sie mit dem Kerl ein Gespräch an, ihre Augen strahlten, sie war plötzlich gutgelaunt. Dabei hatte sie ihn schon während des ganzen Abends nur angemuffelt. Ihm auf Fragen kaum geantwortet. Daran hatte Stoever sich bereits gewöhnt. Auch, weil er ein schlechtes Gewissen hatte. Er langweilte sich oft mit Dagmar. Wenigstens das konnte er sich inzwischen ehrlich eingestehen. Dagmar war Diätassistentin in einer Klinik. Im Grunde interessierte sie sich nur für teure Klamotten, In-Kneipen und Squash. Gab nicht viel her zum Reden. Aber lange Zeit hatte Stoever geglaubt, daß er sich lieber mit Dagmar langweile als ohne sie. Schließlich war er acht Jahre verheiratet gewesen, und da lernt man, daß man nicht zuviel erwarten darf. Vielleicht spürte ja Dagmar auch, daß Stoever seine Bücher liebte, die ihr schnuppe waren, daß er gern ins Theater ging, wo Dagmar sich langweilte, daß er gern philosophierte und psychologisierte, was sie anödete. Es waren nicht die zwanzig Jahre, die zwischen ihnen standen. Stoever hatte für sich herausgefunden, und er hütete sich, es irgend jemandem mitzuteilen, er hatte diagnostiziert, daß Dagmar emotional behindert sei. Zumindest, was ihn, Stoever, anging. Vielleicht mochte sie bei anderen Männern strahlen und sprühen, bei ihm blieb sie stumpf. Als er ihr nach dem Kneipenbesuch vorgehalten hatte, daß sie sich unmöglich benommen, sich dem Typen mit dem Hund aufgedrängt habe, da hatte sie sich umgedreht, war zum nächsten Taxistand gerannt. Seitdem gab es keine Lebenszeichen, und Stoever war sich nicht sicher, ob er eines wollte…

Das Telefon schreckte ihn aus seinen Gedanken. Für eine Sekunde dachte er, daß es Dagmar sein könnte, doch es war die Zentrale: »Streifenwagen 18 meldet Unruhe im Zigeunerquartier Harburg. Wahrscheinlich provozierende Rocker…«

Stoever legte auf, griff sich den Mantel vom Stuhl, löschte das Licht.

Stoever parkte den Wagen an der Halle, er wollte zu Fuß zu Yankos Wohnwagen. Doch er kam nicht vorwärts. Eine Bande von Motorradrockern, offenbar mit Wut aufgeladen, fuhr kreuz und quer zwischen den Wagen durch. Aggressiver Motorenlärm, Geschrei, gefährliche Kraftakte ohne Sinn, die Rocker ließen ihre Motorräder aufheulen. Offenbar hatten sie es auf Einschüchterung abgesehen. Aus einem Wagen wurde geschossen. Ein Motorradreifen wurde getroffen, der Fahrer stürzte. Offenbar war er nur leicht verletzt, er richtete sich neben seiner Maschine auf, vermutlich hatte er schmerzhafte Prellungen erlitten. Fluchend und brüllend rannte er zu dem Wagen, aus dem er den Schuß vermutete. Doch die anderen waren abgestiegen von den Maschinen, hielten ihn zurück. Der Schuß hatte sie offenbar beeindruckt. Doch der Gestürzte rannte zu Yankos Wagen, er brüllte voller Haß: »Wart's ab, Zigano. Morgen kommen wir wieder. Und wehe, wenn einer von euch mit seinen braunen Pfoten an meine Maschine rührt. Wehe!«

Das Motorrad war nicht mehr fahrtüchtig. Sie ließen es liegen, der Fahrer setzte sich bei einem anderen hinten drauf. Wieder schrie er in Richtung Yanko: »Den Mörder von Ragna Juhl holen wir uns morgen hier ab. Daß das klar ist.«

Noch einmal aggressiver Lärm, dann waren die Rocker weg, und Stoever ging zu Yankos Wagen. Er klopfte. Eine Frau öffnete,

wohl Yankos Frau, Stoever hatte sie bei seinem ersten Besuch gesehen. Sie rief in den Wagen hinein: »Yanko. Polizei!«
Yanko kam heraus. Er bat Stoever nicht, wie letztes Mal, in den Wagen hinein. Auch andere Zigeuner kamen aus ihren Wagen. Sie bedrohten Stoever nicht, aber sie bildeten eine Front. Sie standen gegen ihn, waren Gegner.
»Gib Valentin Sander heraus«, sagte Stoever zu Yanko.
Er sah, daß Yanko müde war. Krank und müde. Und diesmal, das spürte Stoever plötzlich, diesmal sagte Yanko die Wahrheit:
»Ich habe ihn nicht. Er hat uns verlassen. Für immer.«
»Wo ist er?«
»Bei Ihnen.«
»Wo?«
Yanko wandte sich schon zum Wagen. »Er ist zur Polizei. Der Dummkopf. Er ist wirklich verloren. Ein Zigeuner, der sich der Polizei ausliefert. Sagen Sie es sofort der Presse weiter, sonst gibt es Krieg mit dieser Nazibande!«
Stoever hörte das letzte nur noch undeutlich, aber er verstand es trotzdem und beeilte sich, ins Präsidium zu kommen. Es war fast ein Uhr inzwischen, und Stoever genoß die relative Ruhe auf den Straßen. Nur Hamburg und er. Alles ganz vertraut und überschaubar... Überschaubar... Er mußte sofort den Bleichertz anrufen, sofort, egal, wie spät es war.
»Herr Bleichertz, ja? Guten Abend. Entschuldigung, guten Morgen, verzeihen Sie bitte, daß ich noch anrufe, noch nach der Spätausgabe der Tagesschau. Doch, doch, das gehört sich nicht. Und dann auch noch mit einer Frage, die Ihnen vielleicht verschroben vorkommt. Darf ich? Es ist nichts weiter als das: Sie haben doch an einer Ecke Ihres Hauses so ein reizendes Türmchen, so'n Aufbau... Ja, ja, eben. Nun meine Frage, die mich nicht schlafen läßt: Wissen Sie, wo Herr Frohwein wohnt? Richtig. In dem Hochhaus am Gänsemarkt. Das war nur die Vorfrage: Können Sie von Ihrem Türmchen aus dieses Hochhaus sehen... Natürlich, Sie hatten auch wirklich keinen

Grund... Aber wenn Sie das Hochhaus sehen können von Ihrem obersten Stock, dann können Sie auch Frohweins Wohnung sehen, nicht wahr? Das wär's. Ich entschuldige mich noch einmal und danke. Guten Abend, äh, guten Morgen.«
Kaum hatte Stoever aufgelegt, klingelte das Telefon. Ein Beamter meldete, daß Valentin Sander da sei. »Ja. Schön«, sagte Stoever erleichtert. »Und Sie haben ihn untergebracht für die Nacht, im Zellenbau? Sehr schön. Jetzt nur noch eins: Verständigen Sie Brockmoeller. Sagen Sie ihm, er kann seinen Zellengenossen heimfahren, in die Villa Sander. Dann kann er, wenn er nichts Besseres vorhat, auch heimfahren. Meint sein Kollege Stoever. Gute Nacht. Nein!! Noch was für Brockmoeller! Bevor er heimgeht, soll er noch eine Pressenotiz schreiben, unbedingt: Der Täter Valentin Sander hat sich gestellt und so weiter... Sagen Sie, es sei sehr wichtig, daß es nicht länger so aussieht, als werde der Täter von den Sinti verborgen. Sonst gibt es noch mehr Krawalle. Danke.«

Obwohl er nur wenig geschlafen hatte, fühlte sich Stoever ausgeruht. Er und Brockmoeller waren auf dem Weg ins Untersuchungsgefängnis. Zu Valentin Sander. Brockmoeller gähnte nun schon das vierte Mal.
»Schlechte Nacht?« fragte Stoever.
»Na, du mußt gerade fragen. Kurze Nacht.«
Stoever hatte die Pressemeldung vor sich.
»Prima Pressemeldung. Muß ich schon sagen.«
»Spott?«
»Nein, nein, find ich wirklich stark. *Der von der Ermittlungsgewalt ferngelenkte Täter hat kapituliert*, prima.«
»Also... das war meine letzte Pressemeldung.« Brockmoeller war jetzt beleidigt.
»Nee, du, wirklich. Trommeln gehört dazu. Sonst wissen die Leute ja überhaupt nicht mehr, wofür sie uns bezahlen.«
Brockmoeller bremste das Auto ungewöhnlich scharf. Sie waren im Hof des Gefängnisses angelangt.

»Jetzt sag es doch schon. Was ist daran falsch? Deiner Ansicht nach.«
»Gar nichts. Nur um eine Spur zu... abschließend.«
Brockmoeller verzog das Gesicht. Er spürte wieder seine Zahnschmerzen. Und er sah die nächsten Abende, die er gern für Iris reserviert hätte, schon wieder mit dieser öden Sander-Geschichte besetzt. »Ist immer noch nicht Schluß?« fragte er Stoever.
»Warten wir ab, was uns Valentin Sander erzählt.«

Valentin Sander kam herein. »Er ist Nanosh«, dachte Stoever sofort, Nanosh – oder Yanko. Nur zwanzig Jahre jünger. Valentin hatte langes Haar, einen Oberlippenbart. Das gab ihm eine Verwegenheit, die nicht zu ihm paßte. Er sah unglücklich aus, fand Brockmoeller. Sehr zigeunerisch, dachte Stoever. Die Herren musterten einander. Valentin schaute jedoch rasch weg.
Stoever wußte nicht recht, wo er beginnen sollte. Das passierte ihm selten. Doch Valentin Sander rührte ihn an, beschäftigte ihn, vielleicht mehr als andere Mordverdächtige. Es ist absurd, dachte Stoever, aber er fühlte mit diesem Mann, mit diesem Zigeuner, der keiner sein wollte und vielleicht auch in Wahrheit hamburgischer war, als man es ihm zubilligte. Auf jeden Fall war er ein Mann, der geliebt hatte. Vergeblich geliebt. Und er, Stoever, mußte herauskriegen, wie weit ihn diese Liebe gebracht hatte, er mußte jetzt reagieren...
Stoever schaute Sander an. Auf jeden Fall würde er korrekt sein. Wenn schon nicht genial, dann doch korrekt.
»Herr Sander. Mein Name ist Stoever. Mein Kollege, Herr Brockmoeller. Herr Keil, von der Dokumentation. Das glaubt einem ja niemand, aber man kommt einem Menschen auch dadurch näher, daß man etwas untersucht, was er getan hat. Wir von der Ermittlung kriegen die Tat noch so... frisch mit... ich glaube, wir kapieren viel mehr vom Wie und Warum einer Tat als die Leute, die sich nachher im Gerichtssaal damit beschäftigen.«

Stoever redete und er fühlte, daß er eine Befangenheit wegredete, die er sonst nicht hatte. Eine Art Verbundenheit, die er sonst schon überhaupt nicht hatte. Stoever redete, weil er sah, daß er keinen Zugang zu Valentin Sander fand. Den brauchte er aber, so oder so.
»Ich bin sehr froh«, sagte Stoever schließlich zu Valentin, »daß Sie sich gestellt haben. Das wirkt sich aus. Positiv. Da bin ich ganz sicher.«
»Ich hätte mich nicht gestellt, wenn Sie nicht meinen Sohn verhaftet hätten.«
»Sie glauben, Ihr Sohn wäre ernsthaft in Frage gekommen?«
»Nach Polizeimaßstäben wohl schon. Sonst hätten Sie ihn doch nicht verhaftet?«
Stoever mußte an Regina Stoll denken. Ob sie ihren Chef nun richtig einschätzte oder nicht – als Vater sah sie ihn jedenfalls völlig klar. Er hatte sich sofort schützend vor die Brut gestellt. Und er, Stoever, hatte das ausgenützt. Er sagte es Sander: »Vielleicht wollten wir Sie unter Druck setzen.«
»Das ist Ihnen gelungen. Wo ist Georg?«
»Bei seiner Mutter. Daheim... Herr Sander, wir haben Ihnen ein paar Tage Zeit gelassen, sich hier einzuleben, so gut es geht. Aber wir müssen, um für uns den Fall abschließen zu können, den Bericht über den Tathergang vervollständigen. Nach und nach. Mit Ihrer Hilfe. Ist es Ihnen möglich zu schildern, wie es dazu gekommen ist?«
»Nein.«
Stoever tat, als wollte er es nicht glauben: »Sie erinnern sich nicht, nicht deutlich?«
Valentin Sander wandte sich halb ab von dem Beamten. Er zog leicht die Schultern hoch, so als friere er. Mit abgewandtem Gesicht sagte er schließlich: »Es war ein Streit. Sie hat mich beleidigt. Verhöhnt. Ich nahm das Messer. Stach auf sie ein...«
Valentin wandte sich um, sah die Beamten an: »Ich bin Zigeuner. Da können Sie sich das ja leicht vorstellen, nicht wahr?«

Stoever fragte: »Sie hat sich nicht gewehrt, hat nicht versucht zu fliehen?«

»Sie hat... gelacht, glaube ich. SIE hat es mir komischerweise nicht zugetraut. Armer Nanosh, hat sie gesagt. Obwohl sie gewußt hat, daß ich den Namen nicht ertrage. Inzwischen ertrage ich ihn. Armer Nanosh. Als ich, schon das Messer in der Hand, ihr Schnitzmesser, auf sie zu bin. Auch als ich ihr das Messer so unter der Brust ansetzte, lachte sie noch. Ich hatte gar nicht das Gefühl, zugestoßen zu haben. Sie ist mir in das Messer gefallen. Ich weiß es nicht. Ich muß nachdenken. In der Zelle... *Der Winter wird mich fragen, was ich im Sommer tat*... Sagen die Zigeuner...«

»Nur noch eine Frage«, sagte Stoever »um wieviel Uhr sind Sie bei ihr gewesen und wie lange?«

Das weiß Valentin Sander ganz genau. »Halb drei bis halb vier. Ich habe, als ich hinaufging, auf die Uhr geschaut. Und als ich herunterging, auch.«

»Sie war noch wach, als Sie kamen?«

»Ja. Alle Fenster hell erleuchtet.«

»Und keine Vorhänge vorgezogen?«

»Nie. Glaub ich. Im Schlafzimmer war ich nicht.«

»Danke«, sagte Stoever »wenigstens für heute. Sind Sie einigermaßen untergebracht hier...«

Valentin Sander lächelte spöttisch: »*Ob in Stiefeln oder barfuß – du erreichst zur rechten Zeit dein Grab.* Auch so ein Zigeunerspruch.«

Stoever fühlte sich unbehaglich. »Ich bin wirklich daran interessiert, daß die Untersuchungshaft nicht zum Strafvollzug...«

Valentin Sander unterbrach ihn. »Ich weiß, was Sie hören wollen. Ich liefere es Ihnen gern! Keine Spur von Auschwitz-Birkenau! Meine Eltern hätten das hier für ein Hotel gehalten. Der Zigeuner wird verwöhnt. Das Bett ist sauber. Das Personal nimmt davon, daß der Gefangene ein Zigeuner ist, keine Notiz! Ein unheimliches Niveau, Herr Kommissar, humanitär – hygienisch – politisch. Gestern war Frohwein da. Er hat geweint. Ja! Geweint! Solche Freunde hat der Zigeuner heute. So hat sich alles zum Guten gewendet. Und der Zigeuner war nicht immer nett zu seinen Mitarbeitern. Und nicht, weil Frohweins Vater Polizist war, sondern weil der Zigeuner nicht die ruhige Art hat, die Souveränität, die Unverletzlichkeit. Aber Frohwein, der Beste aller Guten, besucht mich im Gefängnis. Und weint. Und er hat mir versprochen, Moritz so treu zur Seite zu stehen wie mir. Ich weiß, er hat sich für mich und das Kaufhaus aufgeopfert, weil sein Vater Polizist war. Ich habe davon profitiert, daß sein Vater Polizist war. Er wollte etwas gutmachen. Also habe ich davon profitiert, daß ich Zigeuner bin... Laß die Gadschi, hat Yanko gesagt. Zu spät. Es war von Anfang an zu spät.«

Kapitel XV

Paul Stoever und Peter Brockmoeller saßen an ihren Schreibtischen einander gegenüber. Stoever hing in der für ihn typischen, mehlsackartigen Haltung in seinem Sessel. Er tippte mit einem Filzschreiber in seine offene Handfläche und sah Brockmoeller provozierend an. Ihm war die fast heitere Gelassenheit seines Kollegen aufgefallen, und er wollte ihn daran erinnern, daß es zur Heiterkeit keinen Anlaß gab. Lächelnd schaute er ihn an: »Na – wie steht der Verfasser einer endgültigen, fallabschließenden, fast erntedankhaft feierlichen Pressemeldung jetzt zu seinem Werk?«

Brockmoeller war zwar gut aufgelegt, doch das besagte nicht, daß er sich über Stoevers freundliche Herablassung nicht schon wieder ärgerte: »Laß dir doch deinen Pressekram in Zukunft von Simmel schreiben. Es war Mitternacht, Herr Stoever.«

Zufrieden gab Paul Stoever klein bei. Seinem Hang zur Bosheit reichte es schon, Brockmoeller ein wenig angespitzt zu haben.

»Tschuldige. Wollte ja nur anfragen, ob das, was wir von Valentin Sander hörten, das, was wir schon wußten, bestätigt, erweitert oder verändert.«

»Abgesehen davon, daß ich vor Zahnweh und aus anderen Gründen nicht immer voll da war – erweitert und bestätigt.«

»Kein Widerspruch zu dem, was wir schon wußten?«

Brockmoeller dachte laut nach: »Sander hat gewußt, daß Frohweins Vater Polizist im NS-Staat war. Das liefert doch eine Erklärung für das schwierige Verhältnis zu seinem Angestellten. Frohwein wäre zwar selber gern von Bruder und Schwester Sander adoptiert worden, ist also einerseits Valentins Konkurrent, andererseits ist er aber gewarnt durch das, was seinem Vater passiert ist. Egal, was es war, Frohwein war's eine Lehre.«

»Einerseits, andererseits. Das ist immer gut.«
»Bitte?«
»Ja, weil doch alles zwei Seiten hat. Weißt du was, heute mach ich mal Überstunden. Aber weil ich dabei ganz privat wirken will, kann ich dich nicht brauchen.«
»Ich staune.«
»Staunen ist auch immer gut. Übrigens – was sollte das eben... hab ich mich verhört... Zahnweh und andere Dinge... hast du noch andere Krankheiten?«
»Tja.« Brockmoeller sauste mit seinem Drehsessel einmal um sich selber. »Tja, ich weiß auch nicht, vielleicht hab ich die schönste Krankheit der Welt?«
»Du sag mal...« Stoever ging jetzt ernsthaft besorgt zu Brockmoeller. Die Stirn angestrengt in Falten, beugte er sich zu dem Kollegen: »Du sag mal, du hast dich doch nicht etwa...«
Brockmoeller sah Stoever triumphierend an. Er kannte die ambivalente Liebesbeziehung seines Kollegen. Zwar nicht in ihrer ganzen schmerzhaften Breite und Tiefe, aber doch gut genug, um sich, dank Iris, Stoever überlegen zu fühlen. Lässig sagte er: »Nun, vielleicht rufe ich sie heute noch an.«
»Mann«, sagte Stoever, »Mann, dich hat es erwischt. Du strahlst ja wie ein Lampion an Sankt Martin. Na dann – gute Nacht.«

Paul Stoever stand im Aufzug. Er hatte in der Tasche die Filmkassetten, die Frohwein ihm überlassen hatte. Ein Vorwand, den Prokuristen der Firma Sander aufzusuchen. Als Frohwein öffnete, konnte Stoever die Freundlichkeit auf dem Gesicht des Prokuristen nicht deuten. Es war doch klar, daß er, Stoever, dem anderen auf die Nerven ging.
»Also dieses Panorama!« Stoever war absichtlich sofort auf die Terrasse gegangen. »Dafür können Sie Geld verlangen. Das Fernrohr dazu haben Sie ja schon. Darf ich mal?«
»Aber bitte. Und was trinken Sie?«
»Mineralwasser. Am liebsten.«

»Sind Sie noch im Dienst?«

»Eben nicht. Im Dienst muß man alles mögliche trinken. Nach Feierabend will ich Wasser.«

»Bei mir ist es genau umgekehrt«, sagte Frohwein fast stolz. »Ich brauche abends meinen Vorhang aus Bordeaux, sonst werde ich den Tag nicht los.«

Stoever klebte förmlich am Fernrohr. Wie ein Tourist aus Japan blickte er durch, stellte alle möglichen Höhen und Sichtschärfen ein.

»Ich glaube, das könnte mich süchtig machen... So ein Fernrohr, mit dem man anderen Leuten ins Zimmer schauen kann.«

Frohwein spottete: »Der Übergang vom Kriminalkommissar zum Voyeur dürfte ein fließender sein.«

Stoever schien sich jetzt auf den Anlaß seines Besuches zu besinnen. Er kramte in seiner Tasche, fischte die Kassetten heraus und überreichte sie Frohwein mit formvollendeter Höflichkeit.

»Die Kassetten, Herr Frohwein. Mit Dank zurück. Wenn man immer solche Aufnahmen hätte, wäre die Ermittlungsarbeit ein Kinderspiel.«

»Und doch hat der Täter sich selber stellen müssen. Das heißt, die Filme haben nicht ausgereicht.«

»Aber wir haben auf diesen Filmen gesehen, wie Sander auf die Tat zutreibt. Die Filme beweisen nichts, aber sie geben Einblick in die Motivation. Und sie zeigen den Konflikt zwischen Vater und Sohn. Das war sehr nützlich. Wir konnten Georg zum Schein verhaften, um den Vater zur Kapitulation zu zwingen. Haben Sie eigentlich noch weitere Filme, auf denen Ragna Juhl zu sehen ist?«

»Sie meinen – ohne Valentin Sander? Moment. Bleiben Sie wirklich beim Wasser? Also – da ich ein Pedant bin, haben wir das sofort...«

Frohwein holte aus einem der Wandschränke im Nebenzimmer einen kleinen Karteikasten. Er blätterte und las laut: »Hitzer, Holbein, Jäger, Juhl. Ragna...«

Dann zog er eine Karteikarte heraus und sagte: »Ja. Jawohl. Da: J. K. fünf. Da kann Sander noch nicht vorkommen.«
Stoever fragte bescheiden, ob man diesen Film vielleicht auch sehen dürfe?
»Aber gern«, antwortete Frohwein liebenswürdig. »Ich freue mich, wenn meine Filme Anklang finden. Dafür mache ich sie ja. Kommen Sie. Nehmen Sie Platz.«
Frohwein bat Stoever in den Nebenraum. An einer Wand stand eine Reihe alter Kinoklappstühle, eine Leinwand hing parat. Frohwein legte den Film ein, er war kürzer als die beiden, die Stoever kannte. Man sah Aufnahmen von einem Segeltörn auf der Ostsee. Frohwein kommentierte die Bilder:
»Das ist Professor Malsen, Sie kennen ihn vielleicht? Recht bekannter Statistiker und Biologe. Ihm gehört die Yacht. Ein alter Bekannter von mir. Sie haben vielleicht von seinem letzten Buch gehört. ›ERDBEVÖLKERUNG 3000‹. Tolles Buch. Es wird keinen Weißen mehr geben im Jahr 3000… Hier, da ist sie ja schon. Da ist Ragna. Sie legt sich jetzt gleich aufs Vorschiff… da, bitte, und da blieb sie praktisch zwei Tage lang liegen. Sie hatte Krach mit dem Professor. Der war ihr wohl etwas zu forsch… Sie glauben nicht, wie schnell Ragna Juhl etwas übelnahm. Sie kriegte praktisch mit jedem Krach. Mit jedem Mann, auf jeden Fall.«
»Mit Ihnen auch?« wollte Stoever von Frohwein wissen.
»Mit mir nicht. Nein. Ich kam ja nicht in Frage.«
Im Film sah man jetzt, wie Ragna die Badeleiter heraufkam. Sie trug einen Tangaslip. Von ihrem großen schönen Busen rollten Wasserperlen. Sie schüttelte Wasser aus ihrem Haar, trocknete sich flüchtig ab. Alles mit einem selbstbewußten, aber nicht kokettem Lächeln. Als sie ihr Haar nach hinten kämmte, bemerkte sie die Kamera, lächelte unbefangen, aber auch unverbindlich, schwer deutbar. Als Frohwein mit der Kamera näher auf sie zuging, warf sie ihr Badetuch auf die Linse.
Stoever sagte scherzhaft tröstend zu Frohwein, daß Ragna ihm in dem anderen Film aber eine Kußhand zugeworfen habe.

Frohweins Kehle war offenbar ausgetrocknet. Jedenfalls räusperte er sich, als er sagte, diese Kußhand sei völlig ohne Bedeutung: »Mich hat sie als Mann überhaupt nicht wahrgenommen. Ich war für sie so ein Onkel, der nützlich sein kann, basta. Sie war ja immer scharf auf Beziehungen. Auf Förderung. Aber wehe, wenn einer daraus, daß er ihr half, Ansprüche ableiten wollte. Ich glaube, sie wäre imstande gewesen, einen Mann, gegen den sie sich wehren mußte, zu töten. Man könnte fast sagen, sie war unnahbar. Auch wenn alle das genaue Gegenteil behaupteten. Sie war unnahbar! Da – da schauen Sie, wie sie den Professor abfahren läßt! Daß sie den nicht über Bord geworfen hat, war alles. Und je abweisender sie war, desto attraktiver war sie. Ist das nicht irrsinnig, wie sie da liegt? So eine Frau, mein Gott. Und dann hinterrücks erstochen. Von einem Zigeuner.«

»Valentin Sander behauptet, von vorne.«

»Ich glaubte, gelesen zu haben, hinterrücks. Aber er muß es ja wissen. Von den Männern, die ich als Bewerber erlebte, ist keiner glücklich geworden mit ihr. Keiner. Auch Valentin Sander nicht. Ich bin überzeugt, daß der Streit mit ihm dadurch entstand, daß Nanosh Steinberger mehr von ihr verlangte, als sie geben wollte.«

»Der arme Nanosh.«

»Das kann man sagen.«

»Ich finde Ihre Haltung toll.«

»Er tut mir leid.« Frohwein strich sich die Haarsträhnen aus dem Gesicht. »Wenn man das aus nächster Nähe erlebt, wie es einen so hinreißt …«

Stoever fragte Frohwein, ob Sander diesen Film gesehen habe.

Frohwein lächelte. »Meine Kartei sagt mir zwar ganz genau, wer wo vorkommt in meinen Filmen, aber wem ich welchen Film zeige, da muß ich passen. Aber Sie haben recht. Ich werde das einführen. Auf jeder Titelkarte wird in Zukunft notiert, wer den Film gesehen hat und wann. Fangen wir gleich an.«

Er holte Kugelschreiber und Karteikarte und notierte: 4. April 1988, J–K 5, Vorführung Kommissar Stoever.

»Das ist wirklich eine Verbesserung meiner Dokumentation. Mein Ideal ist, alles festzuhalten, alles greifbar zu halten, in jedem Augenblick über die größtmögliche Information verfügen zu können. Mehr Information ist mehr Macht. Und mehr Macht ist mehr Recht. Ich leide permanent an Unterlegitimiertheit. Kennen Sie das? Ein deutsches Leiden, glaube ich.«

»Darf man, was man glaubt, man muß?«

»Genau, Herr Kommissar, völlig richtig. Andauernd muß man sich selbst ein Recht zusprechen für das, was man doch tun muß. Wenn alles zerfällt, ringsum. Die Wirtschaft, das Vaterland. Die Deutschen, Herr Kommissar. Waren die Deutschen je in einem miserableren Zustand als heute? In einem bedrohteren?«

»Ich war nicht immer dabei, Herr Frohwein, ich weiß es nicht.«

»Witzig sein – das wird uns nicht retten.«

Die Offenheit, mit der Frohwein vor ihm seine Gedanken ausbreitete, irritierte und befremdete Stoever. Als Kommissar mußte er jeden Einblick in die Psyche anderer sinnvoll finden. Noch nach so vielen Berufsjahren schwankte er zwischen Abgestoßensein und Entdeckerwillen. Dieser Frohwein mit seiner leisen Stimme, den unruhigen kleinen Augen, mit seinem fanatischen Dokumentationstick – einen so unheilbar deutsch Leidenden hatte er noch nicht erlebt...

Der Bootsfilm war unterdes weitergelaufen. Zu einem guten Teil bestand er nur noch aus Schwenks und Zufahrten auf Ragna. Frohweins Kamera tastete Ragna pornohaft ab. Wenn Ragna es bemerkte, wehrte sie sich. Aber Frohwein probierte es immer wieder. Einmal wehrte sie auch den zudringlichen Professor ab. Sie wollte allein sein. Die Männer waren ihr zweifellos lästig.

Stoever spürte, daß Frohwein ihn gespannt ansah. Er konnte den Blick nicht ganz deuten, doch die anfängliche, fast kumpelhafte Mitteilsamkeit Frohweins war einer Art höflicher Vor-

sicht gewichen. Frohwein zog sich wieder hinter seine eingeübte Höflichkeit zurück.
»Sie bleiben bei Wasser?«
»Wenn ich darf.«
Frohwein holte eine neue Flasche Mineralwasser, öffnete sie, schenkte Stoever ein, sagte dann völlig unvermittelt: »Sie unterschätzen mich.«
»Ich hoffe, nicht.«
»Ich war's nicht.«
»Hab ich das gesagt?«
»Aber vermutet.«
»Nun«, sagte Stoever und lehnte sich betont gemütlich in dem buntkugeligen Designer-Sessel zurück, »jeder kommt einmal in Betracht.«
Frohwein ließ sich jetzt auch in einen Sessel hineinfallen. »Jetzt haben Sie doch den armen Nanosh. Nun hören Sie doch auf.«
»Hör ich denn nicht auf?«
Für einen Moment verlor Frohwein sein Prokuristenlächeln. Sein ohnehin mageres Gesicht schien noch eingefallener, der schmale Mund war kaum wahrnehmbar.
»Sie sind ein Sadist, Herr Kommissar. Sie haben den Mörder, ein volles Geständnis. Aber Sie können nicht aufhören. Sie rennen herum, dringen in Wohnungen ein, machen Leute nervös. Nur zum Spaß, nicht wahr. Klar, versteh ich doch. Man wird nicht Kommissar, weil man will, sondern weil man muß. Kein Mensch ist frei.«
Stoever stand auf. Er konnte in diesen Plastikeimern ohnehin nicht lange sitzen, und außerdem spürte er, daß es besser war, jetzt zu gehen. Als habe er Frohweins Vorwürfe akzeptiert, sagte er: »Entschuldigen Sie, bitte.« Im Hinausgehen fragte er noch beiläufig: »Übrigens, wie geht es mit Moritz Sander?«
Frohwein beruhigte sich langsam. Stoever hatte ihn wieder in sein Fahrwasser gelenkt. Frohwein goß sich einen Marc ein und winkte mit einer dramatischen Geste ab: »Die Lage ist aus-

sichtslos. Doch das ist mein Problem, Herr Kommissar! Wie rette ich das Kaufhaus Sander. Vor der Familie Steinberger. Ja, doch! Das hat nichts mit Rassismus zu tun. Es ist doch vollkommen lächerlich, abzustreiten, daß es Unterschiede gibt zwischen Menschen. Ich weiß, es ist nicht Mode zur Zeit. Aber ich habe es erlebt. Ein Leben lang. Es gibt Unterschiede. Und die wirken sich aus. Zum Beispiel auf die Kreditwürdigkeit. Die Banken drehen einfach durch, seit sie wissen, daß Steinberger junior übernommen hat. Sagen Sie mir etwas, das nicht falsch läuft. In diesem Land. Mit diesem Land.«
»Sie hängen an diesem Land.«
»Sie nicht?«
»Sie werden nicht fertig mit… mit der Vergangenheit. Ihr Vater…«
Frohweins Gesicht veränderte sich wieder durch ein nervöses Blinzeln. Auch Frohweins Stimme hatte nichts Verbindliches mehr: »Lassen Sie meinen Vater aus dem Spiel. Er hat gebüßt. Mehr als er getan haben kann. Ich war in Krakau, Herr Kommissar. Aber es wäre völlig lächerlich, davon auch nur anzufangen. Gerechtigkeit für einen deutschen Polizisten in Polen! Also etwas Aussichtsloseres kann es schlechterdings nicht geben. Ich habe mich damit beschäftigt. Habe gelernt.«
»Was?«
»Daß es Gerechtigkeit für Deutsche zur Zeit nicht gibt. Nicht geben kann. Ich seh's ja ein. Nach Auschwitz. Wir müssen einfach schlucken, schlucken, schlucken. Basta.«
Stoever stand immer noch unter der Tür, im Hinausgehen begriffen. Frohwein war auch aufgestanden, er hielt aber auf Abstand. Zwei Gegner, die sich einzuschätzen suchten, begierig auf Schwachstellen.
»Dieses Schlucken«, sagte Stoever, »das wollten Sie lernen, Herr Frohwein. Ich bin nicht sicher, ob es Ihnen gelungen ist.«
»Beweis?«
»Ihr Haß auf Nanosh Steinberger.«

»Beweis!«
»Ihre Filme, Herr Frohwein.«
»Ach. Was beweisen die?«
Stoever ging jetzt wirklich. Holte seinen Mantel vom Haken, drückte auf den Knopf des Lifts. »Ich habe eine Verabredung, so leid es mir tut. Wir setzen dieses Gespräch fort. Bald. Einverstanden?«
Zum erstenmal schien Frohwein um eine Antwort verlegen zu sein, wirkte fassungslos. Stoever las auf seinem Gesicht Erleichterung, Mißtrauen, Hilflosigkeit, Wut – alles zusammen.
»Guten Abend«, rief ihm Stoever aus dem abfahrenden Lift zu.

Kapitel XVI

Frohwein ging zurück in sein Video-Atelier. Er war erregt. Jetzt erst durfte er sich das gestatten, jetzt durfte er sich gehenlassen.

Er montierte seine Kamera auf ein Stativ, hängte das Mikro so, daß es den Bildausschnitt nicht störte. Er beleuchtete effektvoll. Tageslicht wurde eliminiert. Frohwein zog sich noch um. Er zog seinen seriösen Anzug an. Er arrangierte eine Gerichtsszene.

Er plazierte ein Tischchen mit Stuhl vor der Kamera, schaltete die Kamera ein. Frohwein betrat von der Seite die Szene, nahm Platz, schaute in die Kamera, als schaute er dem Richter ins Gesicht. Er hörte sozusagen im Zeitraffer noch einmal alles, was gegen ihn sprach. Das ging sehr schnell. Dann stand Frohwein wieder auf. Eigentlich möchte er jetzt zu seiner Verteidigungsrede ansetzen, möchte sagen: Hohes Gericht... Doch diese Fiktion hielt er nicht mehr durch. Er mußte den Blick wegwenden. Dann faßte er sich wieder, schaute in die Kamera und sagte: »Ja, ich. Klar. Daran hat wohl keiner gezweifelt. Die Mätzchen, mit denen ich nervös gemacht werden sollte. Scheinverhaftung, Scheingeständnis... Polizeiklamauk. Ich wollte mich sofort stellen. Daß Herr Sander geflohen war, hat mich drauf gebracht. Ich war so... überrascht... Zum erstenmal in meinem Leben lief etwas zu meinen Gunsten. Ich töte eine Frau, und ein anderer flieht. Er nimmt die Tat auf sich. Ausgerechnet Herr Sander. Genau der, den ich zum Täter machen wollte. Er kommt mir entgegen, hilft mit. Das war ja mein Plan. Aber mir ist noch nie etwas gelungen, etwas Wichtiges. Ich habe ihn beobachtet. Valentin Sander. Ich habe gesehen, daß er es tun wollte. Ich habe sie präpariert für ihn. Ich habe ihn präpariert für sie.

Ich habe zeigen wollen... Ich bin nicht sicher... Mein Vater ist

auch präpariert worden. Er hat nichts entschieden. Zuerst dahin, dann dorthin.
Ich habe Ragna Juhl ausgesucht für Valentin Sander. Dann habe ich sie ihm wieder nehmen wollen. Ich habe sie geliebt. Aber sie liebte mich nicht. Das war kein Wunder – Valentin Sander durfte sie haben. Wie alles andere auch. Gibt es etwas Peinigenderes? Ich habe nicht gewußt, daß mir das zustoßen könnte...
Mein Vater... Ich beende das. Hiermit. Diese Geschichte. Das ist keine Aufforderung, etwas zu verstehen. Wenn ich von meinem 16. Stock hinunterspringe auf die Straße, bitte ich die Straße auch nicht um Verständnis. Ich bin dankbar dafür, daß sie mir die Gelegenheit gibt, auszusteigen. Jeden Tag bietet sie mir diese Gelegenheit an. Tag und Nacht.«
Frohwein hörte auf. War das ein Schluß? Er ging zur Kamera und schaltete sie aus. Er löschte auch alle anderen Lichter, ließ das Tageslicht herein. Er setzte sich ans Fenster und starrte hinaus.

In seinem Büro legte Brockmoeller Valentin Sanders unterschriebenes Geständnis vor Stoever hin, der griff jedoch nicht danach.
Brockmoeller schob es ihm näher hin: »Hier, bitte. Tathergang plus Geständnis. Viel Vergnügen.«
Als Brockmoeller gehen wollte, rief Stoever ihn zurück.
»...Moment, Moment. Warum so eilig?«
»Sadist.«
»Komisch. Das sagte Frohwein auch.«
Brockmoeller teilte Stoever mit, daß er sich erlaubt habe, sich beim Zahnarzt anzumelden.
Stoever schaute ihn zweifelnd an: »Ach ja, du hast ja immer noch Zahnschmerzen. Schade. Dann versäumst du den Schluß.«
»Welchen Schluß?«
»Des Falles Nanosh.«

Stoever ging schon aus der Tür, Brockmoeller begriff nicht, rannte aber gewohnheitsgemäß hinter seinem Kollegen her und rief der Sekretärin zu: »Bitte, einen neuen Termin bei Dr. Vollhardt! Und... übrigens... sollte eine Dame, also sollte Frau Seiler anrufen... ich rufe sie auf jeden Fall heute noch zurück, ja?«

Stoever und Brockmoeller fuhren in die Fabrik, in der Georg Sander mit seinen Musikern übte. Sie fuhren mit dem Auto in die Halle, öffneten die Fenster, hörten zu.
Brockmoeller dachte an Iris. Wenn Iris doch jetzt neben ihm säße und mit ihm zusammen diese opernhaft feierliche Musik hören könnte...
Brockmoeller hatte gar nicht gemerkt, daß Stoever ihn schon eine Weile anschaute. »Träum schön weiter«, meinte er und ging zu Georg Sander hinüber. Er sagte ihm etwas ins Ohr. Der Junge schaute Stoever überrascht an, nickte, sein Gesicht wurde zum erstenmal hell, sehr jung. Er sagte in Romani zu seinen Freunden, daß für heute Schluß sei. Morgen um dieselbe Zeit wieder hier.
Zu dritt fuhren sie ins Untersuchungsgefängnis. Dort wurde Valentin Sander vorgeführt. Georg lief auf seinen Vater zu, sagte im Laufen: »Ich war's nicht, Vater.«
Valentin Sander staunte. Er schaute von einem zum anderen. Stoever bot ihm sein Geständnis an, doch Valentin Sander reagierte gar nicht. Schaute ungläubig zu Stoever und Brockmoeller: »Er war es nicht?«
Sachlich stellte Stoever fest: »Ich bin sicher, daß er es nicht war.«
Jetzt nahm Valentin Sander das Papier mit seinem Geständnis und zerriß es langsam.
»Dann war ich es auch nicht.«
»Richtig«, sagte Stoever freundlich.
Brockmoeller begriff nichts mehr. »Wenn du nicht dein ewiges Zahnweh hättest«, belehrte ihn jetzt Stoever gönnerhaft,

»wenn du nicht mit deinen Gedanken ganz woanders wärst, dann wäre dir natürlich aufgefallen, daß der Arzt einwandfrei festgestellt hat, daß Ragna Juhl von hinten erstochen worden ist. Während uns Herr Sander weismachen wollte, er sei mit dem Messer auf sie zugegangen, sie habe gelacht und so weiter... Aber komm, jetzt eilt es... Kommen Sie auch mit, bitte...«

Zu viert fuhren sie zu Frohwein. Vor dem Hochhaus hielt, nahezu gleichzeitig mit ihnen, ein zweites Auto, aus dem zwei Beamte stiegen, die sich am Eingang postierten. Stoever, Brockmoeller, Valentin und Georg Sander fuhren mit dem Lift hinauf. Sie läuteten bei Frohwein.

»Er ist zu Hause«, sagte Steover. »Das weiß ich sicher. Er hat das Gebäude seit meinem Besuch bei ihm nicht verlassen.«

Frohwein öffnete ihnen.

»Bitte?«

»Dürfen wir einen Augenblick?« fragte Stoever in das Schweigen.

»Sie ließen sich wohl kaum abhalten.«

Frohwein trat zur Seite, ließ seine Besucher ins Zimmer, bot ihnen jedoch weder Platz an noch einen Drink. Keine Zeit für Höflichkeit.

»Herr Sander hat sein Geständnis widerrufen«, sagte Stoever zu Frohwein. So als teilte er ihm mit, daß Borussia Dortmund gegen Schalke 04 verloren habe. Im gleichen lapidaren Ton antwortete Frohwein: »Interessant.«

»Finden wir auch.«

»Aber Sie erwarten nicht, daß ich für ihn einspringe?«

Niemand antwortete.

»Ich bin ein Leben lang eingesprungen für ihn.«

»Diesmal ist es das letzte Mal, Herr Frohwein. Oder besser – war es das letzte Mal. Sander ist ja auch am Tatort gewesen in der Nacht. Er hat ja die Tat auch gewollt. Geträumt. Er hat das Messer angesetzt. Aber sie hat ihn ausgelacht. Und dagegen war er machtlos.

Und Sie, Frohwein, Sie haben das beobachtet mit Ihrem Fernrohr. Und dann die Tat auf sich genommen. Sie haben das Messer, das Sander in der Hand gehabt hat, mit Blut beschmiert. Das Messer, mit dem Sie töteten, das haben Sie sorgfältig gereinigt. Sie haben es getan, um Ihren Vater zu rechtfertigen. Letzten Endes. Daß Ragna Juhl Sie abwies, war nicht der triftige Grund. Sie haben sich an Ihrem Vater infiziert, Herr Frohwein. Sie wollten Gerechtigkeit für Ihren Vater. Ihr Vater mußte unschuldig gelitten haben. Kein Täter. Ein Opfer.«
»Er war eins.« Frohwein wirkte zwar ruhig, aber sein Gesicht, sein Körper waren eine einzige Anspannung, er stand da, leicht gekrümmt.
»Er war ein Opfer, sagen Sie.« Stoever nahm Frohweins Gedanken auf. »Also mußten Sie beweisen, wozu die fähig sind, die Ihr Vater damals verfolgte. Sie wollten zeigen, wie reagiert so einer, wenn man ihm eine Gelegenheit zuspielt. Und ein reales Interesse hatten Sie auch. Durften Sie haben. Aber der Zigeuner reagierte nicht ganz so zigeunerhaft, wie man hätte erwarten können. Also sind Sie eingesprungen für ihn. Sie konnten nicht mehr zurück. Es war ja schon eine Mission. Sie mußten es tun. Für dieses Land. Für Ihren Vater. Es ist Ihnen nicht leichtgefallen. Aber wenn in einem Prozeß der Öffentlichkeit des langen und breiten demonstriert worden wäre, wozu ein Zigeuner fähig ist, dann war Ihr Vater ein wenig weniger schuldig. Sie haben es nicht ertragen, daß Ihr Vater schuldig ist. Das ist verständlich, Herr Frohwein.«
Frohwein lachte. Gepreßt, verächtlich. »Sie reden … Sie wissen nicht, was das ist: Schuld. Aufgebürdete. Drauf. Drauf. Auf das Land. Auf das Volk. Damit kann man nicht leben.«
»Ich verstehe Sie, Herr Frohwein.«
»Nein, Herr Stoever, niemals.«
»Doch.«
»Auf I h r Verständnis verzichte ich.«
Frohweins Augen blickten über Stoever hinweg. Lächelte Frohwein verächtlich? Plötzlich ging es durch seinen Körper wie ein

Ruck – Frohwein rannte auf die Terrasse, zwei, drei Schritte, und dann schwang er sich über die Brüstung.

Wer hatte »Frohwein« geschrien? Sander und sein Sohn Georg rannten zum Lift, Brockmoeller und Stoever schauten über die Brüstung hinunter, sahen, wie ein Polizist zu seinem Wagen lief.
Sie fuhren gemeinsam mit dem Lift hinunter. Standen mit den beiden Polizisten bei dem toten Frohwein. Immer mehr Menschen. Endlich kam auch der Krankenwagen. Niemand sprach, als der Tote auf eine Trage gehoben und in den Wagen geschoben wurde. Alle schauten dem Krankenwagen nach.
Stoever bat Valentin Sander, noch einmal mit hinaufzukommen. Auf Frohweins Terrasse drehte Stoever das Fernrohr in Richtung des Hauses, in dem Ragna Juhl wohnte. Durch das große Atelierfenster hatte man eine gute Sicht. Stoever bot Valentin an, durchs Fernrohr zu schauen.
»Einen Moment noch«, sagte er und schwang seinen Schal durch die Luft.
Drüben im Atelier wurde jetzt Licht angemacht. Valentin Sander sah alles ganz klar.
»Frohwein hat Bleichertz beobachtet«, sagte Stoever. »Er hat Sie beobachtet. Dann ist er hingegangen und hat gehandelt.«
Sie fuhren wieder mit dem Lift hinunter, stumm, bis Stoever sagte: »Er habe sich immer zu wenig im Recht gefühlt, hat er mir erklärt. Das sei ein deutsches Leiden, sich nicht im Recht zu fühlen bei dem, was doch getan werden müsse. Und man bedenke – sein bester Freund war ein Statistiker.«
»Nur im Spiegel sieht man seinen besten Freund«, sagte Valentin Sander und Stoever fragte ihn, ob das auch ein Zigeunerspruch sei. Valentin nickte.

Stoever und Brockmoeller kamen gerade, als das Konzert begann. An der Außenmauer der Fabrik, in der Georg Sander mit seiner Band immer übte, hing heute ein großes Plakat.

TITI-STEINBERGER-QUINTETT
SPIELT MUSIK DER DEUTSCHEN SINTI

Erstaunlich viel Publikum war gekommen, viele junge Leute, Kinder, aber auch Kenner und kundige Fans.
Yanko war da, Männer, Frauen und Kinder der Sippe.
Valentin Sander saß zwischen Karin und Regina Stoll. Yanko war aufgestanden, er löste sich aus seiner Gruppe, kam herüber zu Valentin, gab ihm die Hand.
»Mach's gut, Valentin.«
»Valentin?« Das hatte er noch nie gesagt. Valentin sah seinen Onkel erstaunt an. Doch der zeigte jetzt auf die Bühne, wo sich die fünf Sinti-Musiker verbeugten. Titi-Georg verbeugte sich speziell und glücklich zu seinem Vater hin.

– Ende –

Bitte umblättern:

Kriminalromane

Eine Auswahl

Simon Brett

Der dreizehnte Killer
Band 8269

Dunkelmänner haben keine Schatten
Band 8183

Komödianten lachen laut und sterben leise
Ein Fall für Charles Paris
Band 8208

Mord stand nicht im Textbuch
Band 8169

Spekulanten spaßen nicht
Ein Fall für Charles Paris
Band 8158

Anthea Cohen

Carmichaels kleines Glück
Band 8232

Carmichaels kleine Listen
Band 8312

Ein nahezu lautloser Tod
Band 8288

Engel tötet man nicht
Band 8209

Tatmotiv Liebe
Band 8270

Alain Demouzon

Bleierner Sommer
Band 8211

Monsieur Abel und der Fall Raguenaud
Band 8188

Mouche
Band 8170

Stanley Ellin

Das Kartenhaus
Band 8114

Die geordnete Welt des Mr. Appleby
Band 8286

Der Tag der Kugel
Band 8295

Tod am Weihnachtsabend
Band 8267

Jan Flieger

Tatort Teufelsauge
Band 8285

Ein tödliches Ultimatum
Band 8317

Klaus Fröba

Wölfe im Blinding
Band 8293

Fischer Taschenbuch Verlag

fi 503/6a

Kriminalromane

Eine Auswahl

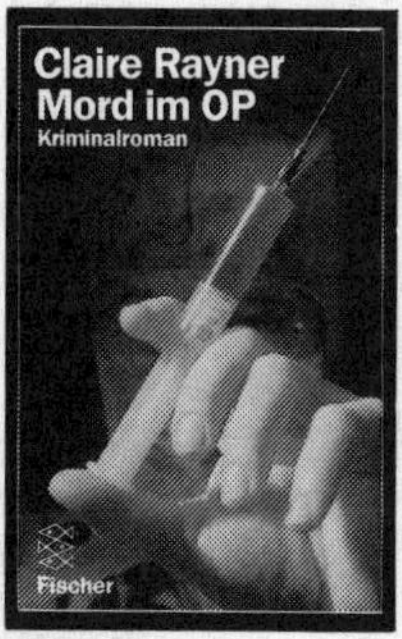

James Grady
Der Schatten des Condor
Band 2608

Die 6 Tage des Condor
Band 8116

Søren Jakobsen
Die Marmortaube
Band 8152

Der radioaktive Mann
Band 8151

Roderich Klett
Der Tod kam live
Band 8174

Hans Koning
Das Komplott
Band 8228

Seicho Matsumoto
Mord am Amagi-Paß
Band 8186

Spiel mit dem Fahrplan
Band 8230

Mirjam Pressler
Mit 64 stirbt man nicht
Band 8134

Claire Rayner
Das Haus im Fenn
Band 8117

Mord im OP
Band 8118

Robert Roden
Gargano
Band 8200

Marut
Band 8268

Gerhard Scherfling
Wer zuviel weiß, muß sterben
Band 8266

Tatort Umwelt
Kriminalerzählungen
Band 8311

Tödliche Beziehungen
Kriminalerzählungen
Band 8206

Ein seltener Fall von Witwenverbrennung
Kriminalerzählungen
Band 8207

Barbara Wilson
Mord im Kollektiv
Band 8229

Bari Wood
Zwillinge
Band 8003

Fischer Taschenbuch Verlag

fi 503/6b

Bari Wood und Jack Geasland

Die Unzertrennlichen

Roman. Band 8357

»Die Unzertrennlichen« ist ein schockierender, beunruhigender Roman, zu dem eine wahre Begebenheit den Anstoß gab: Am 17. Juli 1975 wurden in einem luxuriösen Apartment in Manhattan zwei Männer tot aufgefunden. Die Untersuchung ergab, daß einer der beiden Tage vor dem anderen gestorben war. Anlaß zu den Sensationsmeldungen aber bot eine weitere Entdekkung: Die Männer waren eineiige Zwillinge und berühmte Gynäkologen. Und ihre Leichen lagen in einem wüsten Durcheinander von Unrat – wochenlang angesammelten leeren Flaschen, verrotteten Essensresten und leeren Tablettenröhren von Aufputsch- und Beruhigungsmitteln. Trotz genauester Untersuchungen der Mordkommission konnte der Fall nie aufgeklärt werden. Dieser Roman, der nach seinem Erscheinen in den USA lange auf den Bestsellerlisten stand und jetzt erfolgreich verfilmt wurde – mit Jeremy Irons in den Rollen der Zwillinge und Genevieve Bujold – gibt eine mögliche Antwort: Schocker und Recherche zugleich.

Fischer Taschenbuch Verlag

fi 1099 / 1

Martine Carton

Medusa und die Grünen Witwen
Band 8023

Nofretete und Die Reisenden einer Kreuzfahrt
Band 8038

Victoria und die Ölscheiche
Band 8067

Apollo und die Gaukler
Band 8068

Martina oder Jan-Kees verliert seinen Kopf
Band 8113

Hera und die Monetenkratzer
Band 8141